谋　杀
电视机

大头马——著

四川文艺出版社

图书在版编目（CIP）数据

谋杀电视机 / 大头马著. —成都：四川文艺出版社，2015. 11

ISBN 978-7-5411-4236-9

Ⅰ. ①谋… Ⅱ. ①大… Ⅲ. ①中篇小说—小说集—中国—当代 ②短篇小说—小说集—中国—当代 Ⅳ. ①I247.7

中国版本图书馆CIP数据核字（2015）第262893号

MOUSHA DIANSHIJI

谋杀电视机

大头马 著

策划出品 磨铁图书
责任编辑 周 轶
装帧设计 _@broussaille私制
内文设计 冉 冉

出版发行 四川文艺出版社（成都市槐树街2号）
网 址 www.scwys.com
电 话 028-86259285（发行部） 028-86259303（编辑部）
传 真 028-86259306

邮购地址 成都市槐树街2号四川文艺出版社邮购部 610031
印 刷 北京京都六环印刷厂
成品尺寸 120mm × 185mm 1/32
印 张 8.25 字 数 128千
版 次 2015年12月第一版 印 次 2015年12月第一次印刷
书 号 ISBN 978-7-5411-4236-9
定 价 36.80元

豆瓣阅读征文大赛小说组首奖作品《谋杀电视机》，于2014年12月正式上架发布。

故事峰回路转，虽然是中篇，但和短篇一样把高潮放在最后，读到结尾让人意犹未尽……最有趣的并非故事本身，而是作者藏在文章四处的闲笔，机敏有趣兼而有之。

——银筷子

幽默诙谐的写作风格，描绘出现代人的现实的生活，为了唤醒逐渐被社会的现在所掩盖的灵魂，我们或多或少会找寻一种刺激，我们有时候会误以为那是一种信仰，其实那只是我们在迷茫时随手抓住的一根稻草，而内心的空虚把它给放大成为了灵魂的锁链。

——围　城

算是非常出色的作品了，构思巧妙，故事完整，叙事流畅，反转有力，足以改编成一部黑色幽默影片。

——易老邪

好故事，没有多余的人物，没有不清晰的伏笔，流畅完整，高潮处有巨大的反转。

——文刀林

献 给 爷 爷 奶 奶

目录

Ordinary People

0：00　0km

我住在北京。你们最爱的北京。全世界最嘈杂的城市。大城市。两千万常住人口。我和两千万人住在一起，脸贴脸，背靠背。每天深夜才出门，我是小偷、骗子、无耻浑蛋。我觉得日子从没像现在这样爽。挥之不去的幸福，喝不尽的美酒，踏不穿的马路。这里是北京。只要你愿意出门，每天都会发生奇遇。通常我总是深夜才穿上衣服出门，比如像今天，月亮高悬，皎洁得不容许一点平凡，我知道命运在召唤我，奇迹在等待我，我必须出门。必须跑步出门。

起点是东直门，蜂巢剧场。

我猜你们中的十分之一来过这儿。这里杀死过许多位滥竽充数的剧作家。他们的戏平庸，庸俗，俗不可耐，打着国际戏剧邀演的旗帜招摇撞骗。我也曾是招摇撞骗军队中的一员，并且招摇得十分成功。说出来你可能不相信，我简直太了解那一套拉着实验戏剧的虎皮实际黔驴技穷的把戏。彼得·布鲁克，安托南·阿尔托。最近在北京流行的是马丁·麦克多纳。永不过时的依然是莎士比亚。搞清了这一套，你就会发现这里头有许多空子可以钻。有一阵我甚至虚构了一个菲利普·迪克不存在的小说，告诉他们这是上世纪最伟大的遗珠，比《群鼠》不遑多让。然后在这儿，就是蜂巢，整整演了二十八个晚上。场场爆满。舞台监制在最后一场结束后的晚宴上握着我的手痛哭流涕，称他的艺术生命从此了无遗憾。看见了吧，只要这样，只有这样，他们才会认可你，尊称你为艺术家，而不是一个骗子，一个流氓，一个穿着阿玛尼和陀思妥耶夫斯基的剽窃犯。我仅有的一件阿玛尼。但那又怎么样呢？我为自己虚构的作品曾在人们之间口耳相传感到骄傲。货真价实的骄傲，那不仅意味着无穷无尽的徘徊的盛宴，还意味着它们全都免费。妈妈，十五岁你让我从家里滚蛋时料到这一天了吗？哥哥，你在报纸上大捧臭脚的时候知道这究竟是谁写的吗？父亲，哦，父亲，你可以和你的二锅头继续在坟墓里安心待着了。

出门向右转是毛里求斯大使馆，接着是最受北京人喜爱的德国大使馆，它的门前最干净，跑步时绝不用担心会踩到狗屎。然后是一连串欧盟成员国家。你从这些大使馆的门前跑过，很难不产生一种想要征服世界的感觉。路的尽头是巴基斯坦，再向左拐就能到达尼日利亚。出入使馆的家伙们刻板、谨慎、无趣，还有一颗好在陌生国度舔舐危险的不安分的心。你以为《碟中谍》是拍给谁看的？年轻人，我劝你不要理会他们深夜的搭讪。如果一定要和他们交朋友，也最好不要同两个以上的人同时来往。曾经有一位爱尔兰大使馆的签证官朋友发出好奇的探寻目光，表示无论如何也要来一次我们的聚会，和这些神秘的黄种人打成一片，结果他前脚走后脚就打了举报电话。

这不怪他。要是我刚二十岁出头，见到这番光景也得双腿发软。我们是谁？我们是小偷、骗子、无耻浑蛋。我是谁？我是梦中传彩笔，只宣传伟大的社会主义国家。

当然了，你还可以选择另一条路。出门往南，然后就会来到这城市的右心房，工体北路向东一直延伸到团结湖。俱乐部，酒吧，私人会所，通宵营业的 Page One。每天都有新来的年轻人在这里一掷千金，再怀抱一个女人或者满身呕吐物回家。这里有全北京最大的奔驰展销橱窗。在车辆和人流间穿梭，空气里一片软玉温香，让人几乎想与人为善。你跑过这些美丽的年轻人身边，不能不感到一种突如其来的优越感。你知道是哪种优越感。

以前我总是选择这两条路中的一条跑，但是现在，我不这么跑。

我的目标是天安门。我的目标从来都是天安门。我将在东直门旋转一路往南，避开彻夜灯火辉煌的簋街，沿着二环，在建国门再次转向上长安街。全世界最安全的地方。我的目标是摧毁全世界。我是谁？我是行者孙爷爷。

0：14　2.5km

当你开始跑步，就会发现菲茨杰拉德的话是一派胡言。

“每逢你想要批评任何人的时候，你记住，这个世界上所有的人，并不是个个都有过你拥有的那些优越条件。”

当你跑步，你会发现这是一派胡言。只要有腿，每个人都可以跑步，通过跑步，你就能获得所有的未来。你可以批评任何人。就像我现在批评你一样。就像我哥哥在报纸上——哦不，他并没有批评我的资格。小的时候我们关系还不像现在这样，那时虽然我也很难跟他说得上话，但至少还不像现在这样必须通过报纸隔空对谈。小时候我甚至以为我们曾短暂地有过共同的目标。你的目标是什么？让观众感动？让所有的观众感动？让他们为我埋单？我的意思是，为我们买单。现在，哦，现在。我知道他的目标很可能没有变，只是不得不面对自己并没有批评我的资格这个事实。有能力让观众感动的话，谁会乐意当个批评家？哥哥，你得承认这一点，你得承认自己是个普通人，然后让自己活得开心点。

就像我这样开心。

啊，过去的那些美好的日子。刚刚跑过的东直门再次唤起了我的记忆，银座后头原先住着L，我的老朋友。我们曾经，册那，又是曾经。我们曾经是非常好的朋友。好到可以操同一个女人，并且到了当我发现他爱上了对方就立即拱手相让的程度。虽然我提醒过他：你是一个流氓，你不可能爱上什么人，也不会有谁爱上你。别开玩笑了，你到底在想什么？你和我是一种人，是这两千万人口中的败类，叛徒，无药可救的混账。你以为？那女人拎着水果和鲜花去看你就把你给打动了？这种情节我都不会在戏里编。等一下，你真的打定主意就要这样进入一种定制好的生活？

哦，天哪，生活，生活！

然后你就要开始上超市，选择当日新鲜蔬菜。然后你就要去健身馆，购买一年用不到五次的年卡。然后你就要去商店，商店！多么可怕的地方。推开门你就将沐浴在人工制造的香氛中。深吸一口气，你立刻会被麻醉。一层是你妻子的梦想，二层是你暂时的股票赢利市场，顶层是你们全家消费好莱坞意识形态的天堂。然后你就要购买全套的实木家具，叫不上名字的绿植，62 英寸的最新液晶大彩电——壁挂式的。你会竭尽全力让自己住进铺着地毯的房间，等一下，你妻子还想要一个浴缸，等一下，你自己还要为选择虎牌还是象印的电饭煲犯难。这就是你渴望的生活，哈？兄弟，哥们儿，老伙计。坐下来，再喝一杯。你戒得了自己，你戒得了伏特加吗？

东直门，命运的分岔口。向北你会到达百老汇 MOMA，那里有库布里克书店，每周都有一堆社交表演艺术家在那里安静地演讲。向西是欺骗世界人民的美食天堂，没有掩人耳目的辣椒味道几乎一个样。哪怕是这个点，二环的车辆依然琳琅满目。我跑过保利剧院，继续往南。L，我继续往南。

过了三个月，我收到 L 的结婚请柬，还在犹豫要不要去目睹这场悲剧，就收到了 L 未婚妻（一个可笑的称呼）的短信。她显然觉得我的到场会让在座的大家都有那么点儿尴尬。“况且你根本就没有合适参加婚礼的衣服。你是不是该买点衣服了？最近优衣库在限时特优。”“我有阿玛尼。”“你只有那一件阿玛尼。”这之后的两年我再也没见过 L。他彻底地从我们这群人中消失了，沦为了一个——普通人。每天下班挤地铁回通州的上班族，月供六千五，每周花一天照料妻子和狗，正计划要一个孩子，最好是男孩。

但我相信你会回来的。兄弟，哥们儿，老伙计。坐下来，再喝一杯。你戒得了伏特加，你戒得了快乐吗？

0：29　5km

我或许不该沿着最不适合跑步的地方跑步。吸食夜晚残余的汽车尾气，为净化祖国母亲首都阿姨贡献一份 0.005 μm 的力量。朋友，我知道你的建议，你建议我在东四十条那里就转弯，沿着东四十条跑到张自忠路，然后顺着北沿河大街这么跑下来。这一路的风景会好很多。哪怕是从美术馆后街那里顺下来也好啊。那里有三联书店，自从也改为 24 小时营业之后——看看吧，你们最爱的北京只有书店是 24 小时营业的，这是不是足以让你们爱得发狂？至少表现得爱得发狂。我说到哪儿了？对，也改为24小时营业之后，营业额就直线下降。我是说，你在中途还可以进去逛逛。而且它的对面就是，册那，竟然也是24小时营业的小陕娃。曾经叫黄河水，现在叫小陕娃。招牌是陕西老字号biangbiang面和北京老字号北冰洋。以前下半夜的时候，D总是会带我们来这儿。

这就是为什么我现在没法按照你建议的路线去跑。很多年前我刚来北京的时候，D就是这么带我走的，L也在，还有其他几个我已经想不起来的人。毫无疑问，当时我们都很年轻。“从天安门往北，进入故宫。两到四小时后，穿过故宫。来到景山后街。这时先不用去爬景山，而是顺着故宫外的护城河，走到故宫的角楼位置。那么你将会看到——”

糖。

我不知道你们后来为什么会讨厌D。是，我承认，他身上确实有一些让人不舒服的毛病。可是你们谁又没有呢？虚伪，自私，暴躁，偏执，自我中心，病态的完美主义。我承认，D身上确实有这些毛病。包括严重的表演型人格障碍。这总比我刚来北京试着在一家公司上班时，那位处女座上司要强。D嘛，无非是话多了一些，而且百分之九十以上都不可信。但谁又让你信了？哦，至少有一件事我能够证实。有回他一如既往地说起前天夜里带回的姑娘，他说，我压根儿就不想上她，你知道她怎么干的吗？她说她房间里有蚊子，找我要药水，说是被咬了好几个包。我问她哪里被咬了，她说，眼睛。说完就把眼睛闭上了。你说这让我怎么办，只好亲了嘛。哈哈，房间的气温是10℃，她说房间里有蚊子。

当时你们都不相信他的话。

当时我们在蓬蒿剧场门口的小巷子里，东棉花胡同35号，我们抽的是最清新的南京，但你们还不满意。D闭着眼睛依然沉浸在前一晚。我看着D，突然清醒了起来，前一晚我就在他家，这一幕货真价实发生在我眼前。那个姑娘，我记得是深黑色短发。只是没人相信D的话。当时蓬蒿正在排我的《包夜指南》，最后一场。再有十分钟我就得回到剧场中央接受，呃，我记得应该是鲜花。哥们儿，你还回得去吗？

回得去。怎么会回不去呢？

那我问你，这个戏的主体意识在哪儿？

啊？

（请下一个观众提问。）

戏的男主角为什么要自杀？

呃。

（请下一个观众提问。）

舞台上这块布的作用有什么其他深意吗？

嗯？

（请下一个观众提问。）

我注意到你的台词每隔九句就会出现一个“唔”，为什么？

唔。

（请下一个观众提问。）

你对你哥哥的评论怎么看？

……

（请下一个……不好意思，没有下一个了。）

你为什么一句话不说？（抢道）哦，我知道了，你一定觉得我们都是傻逼。

不不不，您太谦虚了。

“欣赏完故宫角楼后，过街往北，咱们就来到了景山。花上两块钱购买一张成人门票后，就来到了景山脚下。有学生证的朋友现在可以拿出来准备了。便宜一块钱。别看一块钱小，别嫌一块钱少。拿好这一块钱，到了歪脖子树下，大家可以拜一拜。手里有硬币的朋友，可以扔在树下。这棵树上，吊死了咱们汉族最后一位皇帝。”

你们得承认，没有D，那些日子我们会少很多快乐。

哪怕现在你们全都离开了他。就像你们之后也会离开我。也许你们早就离开了我。朝阳门到了，朝阳门。你们还记得那天晚上吗？就是蓬蒿剧场的那个晚上。据说是我哥哥把我送回了家。后来你们看我的眼神都很怪异。你还有哥哥？嗯。他看起来和你很不一样啊。嗯。他是你亲哥哥？嗯。他看起来像个普通人。嗯。你说呢，D？

“拜完这棵歪脖子树后，咱们继续往上爬。约三分钟后，咱们抵达北京城内最高峰，景山顶。海拔高达四十三米！来，大家跟我一起向南看。登上了这四十三米的山顶，你就能看到中国封建社会时期的权力核心，也就是刚刚我们经过的，故宫的全貌。您再顺着我手的方向往西看。看到一片水了吗？那不是湖，那是最神秘的海。”

中南海。

0：56　10km

“加油！”

又有迎面来的人对我说这句话了。这是我跑步以来听到最多的台词。幸好这是下半夜，不然我一定回敬过去，“闭嘴，傻逼！”有时候你简直不知道这些人是怎么想的。他们把跑步当什么了？一种城市新兴贵族的生活方式？积极改变人生的有效策略？无副作用调节大脑多巴胺的手段？还是看多了他妈的村上春树？加油。除了跑步的时候没人跟我说这句话。你也一样，妈妈。

还记得五岁的时候你带我去看医生的事情吗？

“不可能，他的智商怎么会只有 113？！”

“呃，已经测试很多遍了，应该就是这个结果。”

“你是告诉我我的儿子是个弱智？！”

“女士……”

“我要求再测一遍。”

“女士，这就是普通人的智力。还是普通人中中等偏上的……”

“不，”你严肃地看着那个医生，很认真地告诉他，“这是弱智。”

如果你没有问出那句话，他还不会那么尴尬。

“不然的话，你告诉我，你的分数是多少？”

他脸上的汗折射出大脑反射弧的回路：“我没做过这个。”

你盯着他看了几秒：“好吧。”

他放松了下来：“也许你应该……”

“做亲子鉴定的地方在几楼？”

结果出来了。毫无疑问，我是您的孩子。我也放松了下来。还能是谁的呢？

然后那年夏天的一次晚饭后，您牵着我和哥哥一起去公园。杏花公园。每年夏天那里都会举办报社的“读者日”活动。这是我小时候最爱的活动。因为我每天都要看报纸，一个字也不漏。如果住在爷爷家，他会提前把报纸偷偷过滤一遍，剔除那些犯罪新闻，特别是描述强奸案的那些。“读者日”就像一个把平面铅字立体化的活动，那是一种置身赛博朋克世界的感觉。难以言传。总之，那一天晚饭后，您拉着我和哥哥又来到了杏花公园。哥哥很快走到了前面，你叫了他一声，他置若罔闻，观察树上的蛛网，像往常一样沉浸在某种我只能称之为禅定的世界里。你满意地点点头，就是在那时，我听到您轻轻说了那句话：你不是我的孩子。什么？你没有低头，看着哥哥（挂着神秘的笑容），又说了一遍：你不是我的孩子。

我不明白。

要到后来，十四岁，我才头一次听说阿斯伯格综合征这个词。那时我已经上了校长的黑名单，而你也拒绝出席任何和我有关的学校活动。哪怕是校长亲自打电话让“这小孩的父母今天必须来一趟”，你也会不屑地让我先去搞搞清楚，“他在韦克斯勒量表里的分数是多少”。

你可能从来都没想过这世上百分之九十九的人一辈子都不会去做什么韦克斯勒测量——任何测量量表。你没有来，你当然不会来。天完全黑了下去。校长吃完了晚饭回来："小子，你还是拒绝打电话回家？"

然后他掏出一份便当给我："把这吃了，咱们继续耗。"于是我掏出一本画册开始吃饭。"你看的是什么书？"我把画册合上给他看。"哦。"他打开一份报纸，过了一会儿，"你一个初中生，是不是该看点带字的东西了？"

"这有字啊。"

"在哪儿？"

"喏，作者姓名，陈，志，勇。"

"不容易，竟然都念对了。"

"可惜语文不考这个。"

我和校长关灯走出来的时候，你也正好从最后一间亮灯的教室里走出来。当时我叫了你。哦，你听不见，我知道你听不见，你当然听不见了。你是天才，理应对世界置若罔闻。所以我已经同时快步走上去拉住你，你面无表情地看着我。我和校长挥手拜拜。"你俩不是一个班的吧？""呃，他是我哥哥。"校长脸上那副表情我十分熟悉。这么多年了，现在我再次说出你是我哥哥的事情时，人们脸上的表情还是一模一样。只是那代表了完全不同的含义。你认为呢？哥哥。

你平静地往公交车站走去，那一晚我们都留得太晚了。最后一班公交车五分钟前已经开走了。你没有钱，我也没有钱。我们只好一起走回家。这样的事还是头一回。你走在前面，我试图跟上你，但是总被你甩开。你并没有要故意这么做，我知道是一些别的东西在阻止我们保持在同一个节奏上。一些神秘的什么。比如说，我的随身听里正在播放的《海阔天空》。你突然开了口。

“你知道她其实是有阿斯伯格综合征吧？”

“什么？”我把耳机取下来。

“阿斯伯格综合征。”

“啥？”

“ISBN978-7-3012-4282-7，你去图书馆就知道了。”

“哦。”我把耳机又塞回去。

“你知道我也有阿斯伯格综合征吧？”

“什么？”我把耳机又取下来。

“我也有，阿斯伯格综合征。”你看着我，仿佛在看一只蚂蚁。

“哦。”我准备再次把耳机塞回去，然后想起来，“那我有吗？”

“嗯？”

"你说的这个什么什么综合征，我有吗？"

你转过头去。我们没再说话，你陷入你的阿斯伯格综合征，我陷入 Beyond。

然后我知道从学校走回家只要花上一小时四十分钟。

1：57　20km

如果你骑车的话，一定不能错过长安街东单外的地下通道。但是选择跑步，这一段体验起来就没那么爽。像一个拉长了的高潮体验，稀释之后，就会出戏而感觉荒唐。是这样，当你的速度仰仗的不是自行车而只是一双穿了五年的跑鞋，后脚跟已经摩擦出不良跑姿的形状，那你就会结结实实地觉得这一切真是荒唐。然而我想说的是通道。不同的嗜好会打开大脑的不同通道。"每一种嗜好，都是一种社交工具。它的作用就是打开一条尘封的通道，把不同的人装进去，然后让你们经历一段共同体验。"

提出嗜好社交工具理论的是 W，当时我们在鼓楼东大街的一家抄手店，依然是下半夜，旁边桌四五个留着狂野长发的彪形大汉带着裸背姑娘，一看就是玩金属的乐队刚下班。"我们是玩乐队的，有空来看演出。"找 D 借了烟之后，其中一位塞了张宣传单给他。"我知道，我们也是玩乐队的。”D嬉皮笑脸地坐回来，他们很惊讶，我们确实穿得比较像，怎么说呢，普通人。但D说得也不对，事实上只有Z是搞音乐的，我刚从一家公司辞职，W正在美国东北部某个小城念药理学大二，三天前才回来度春假。

我和这群人几乎是刚刚认识，正神游天外，研究旁边姑娘背上的文身图案。“你有阿斯伯格综合征？”W突然盯着我问。“啊？”“阿斯伯格综合征，就是一种……”“我知道那是什么。”“这么说你有？”“为什么这么说？”“你一直在吃糖。”“呃，有吗？”

我面前铺了一桌糖纸。

“你再说一遍，那个什么征。”D把整个身子转过去对着W，但她还是看着我。“我不知道。”D提高音量催促道。“哎，我一直以为你爱吃糖是你喜欢吃糖呢。”他等不到W的回答，又转了回来。

“你说对了。”

“啥？”

“我没有阿斯伯格综合征，我爱吃糖，就是因为我喜欢吃糖。”

“那你还真是爱吃糖呢。”W说。

我假装没听出W的言外之意，实际上，很可能也并没有什么言外之意。

“哎，是啊，哥们儿，我也觉得，你这也太爱吃了吧。”

“所以我们还要不要做这个实验了？”Z 不耐烦地说。

“做，现在就做。这不是正听权威人士的事前指导么。走，一起吧？”D 还在试图说服我。

“我……吃糖。”我又剥开了一颗透明水果硬糖。橘子味。

ISBN978-7-3012-4282-7，《精神障碍诊断与统计手册》。“……局限的兴趣和重复、刻板的活动方式。患者常常有某些特殊的爱好和收藏，如记忆火车时刻表、记录彩票获奖号码、收藏电话卡、嗜糖。”

嗜糖。

现在你知道我为什么发这么大的火了吧？哥哥。那次我去你的公寓看你，穿着刚买的阿玛尼。我走在阳光下，感觉自己簇新得发亮。世界上没有什么是我做不到的。这种感觉你一定早有体会。没错，我就是打算去嘲笑你的。台词我都想好了。“票卖得还不错。对了，你新书啥时候出？呃，我意思是你的第一本书。”

怎么样？当然了，我知道我穿随便一件什么衣服都可以，因为你根本就不会认出这是阿玛尼。但我坚持要这么做。电梯吱吱呀呀把我送到 12 层，门铃是坏的，你穿着汗衫，房间里脱落的墙皮均匀铺在地上。我简直要笑出声来。你过得跟我想象的完全一样。那一年你在学校文艺汇演里排演的话剧成了一个笑话，我就知道你早晚会过成现在这样。谁让校长征询撰写台本的人选时你突然举了手？失败让你的人生完全转了向，否则你现在早已在数学领域闪闪发光。“一个患有阿斯伯格综合征的明星学者。”

这个头衔听起来怎么样？

是不是比现在这个“一生贫困潦倒的戏剧评论家”要好多了？我知道这听起来其实像是，“一个才华横溢却在死后才被挖掘出来的天才”。我还知道，你其实并不在意。你为我开了门，我们还没来得及交谈，你就重新回到桌前坐下，继续书写你那些伟大的评论文章。我站在你狭小的屋子里，说实话，那里简直像个垃圾堆，堆满了书和废纸的苦海，我的博洛尼亚手工定制皮鞋折射不出一丝光彩。我的成功在你的阿斯伯格综合征面前毫无价值可言。

你的失败在你的置若罔闻之下反倒显得像一种破釜沉舟式的成功。而我依然是那个智力测验得分 113——也许正因为此才赚到了钱，穿上了漂亮衣服，现在却站在你背后无所适从的，一颗舞台上冉冉升起的新星，报纸上的评论阻止不了蠢货们来为我的戏叫好，一个普通人，添置愈多的成功就会愈快被浩瀚的历史遗忘。而你的成功不需要走进历史，只需要走进你自己。

也许对你而言，也并没有成功和失败的区别。我编造了无数个理由解释为什么我爱吃糖。我想你是知道的吧。那一天校长告诉我我可以试着把画册书编成舞台剧，因为他发现我对编织情节着实有一些才能，并打算推荐我来排演接下来校园文艺汇演的话剧，你恰好从数学老师的办公室门口经过校长室，你一定听到了吧？我抬头看到你刚刚走过，并试图喊了你一声，你依然没有理我。但你一定听到了吧？所以你才在后来举了手。

从那以后我开始嗜糖。

3：11　30km

我还是应该来谈一谈跑步。如果我嗜糖，我就不应该跑步。一个阿斯伯格综合征患者应该在运动方面显得笨拙。但那一晚我不得不跑。那一晚 D、W 和 Z 彻底 High 了，砸了王府井一家卖玩具的店铺，他们要进去和玩具们一起摇摆。警报响起来的时候我们没命似的逃离那里，一路狂奔，跑到了天安门，他们三个瘫倒在地上，白昼似的路灯照亮长安街。我很好奇，此时他们眼中的世界究竟是什么样的？D 咧嘴一笑，伸出胳膊，手心里还躺着两片阿司匹林。

“想知道吗？”

我拿起了其中一片。

“别再吃糖了。”

那之后我迎来了这辈子最快乐的时光。我突然发现世界不只是理性、公平、正义和智力构成的。我不再需要假装嗜糖或者运动障碍、不和人交流，我也不用再定期去看牙医——操，你知道吗，我竟然去念了数学系，而你填了文学系，志愿单公布的时候，还记得他们反复确认我们不是把各自名字写串了那副滑稽的样子吗？

妈妈很生气。妈妈生气的不是发现我跟你越来越像，她知道我模仿不来真正属于你的东西。她生气的也不是你竟然出人意表地降尊纡贵去念什么鬼文学系。她生气的是世界不该是这样运转的，真理只有一个，事实就是事实，你的使命就是搞数学，而我，我做什么并不重要。

但我还是回到了使命的轨道上。念数学系的那几年我假意逢迎，我知道就算每学期都是全 A 也不会让我成为像你这样的人，因为我的努力全是假意逢迎，而你在文学系糟糕的境遇也不会损害你冷冰冰的魅力。我听说有不少女人为你动心。我们的生活轨迹极为相似，不参加运动会，不和人来往，不对爱情抱有任何渴望，不做普通人的榜样。当我嗜糖，我就知道我不应该跑步。

但我还是回到了使命的轨道上。我的四肢强健发达，跑起来像风，皮肤呈现健康的光泽，而大脑则在不同的通道开合，闪烁五彩斑斓的花火。多么开心，我不用再伪装自己是你们庞大的病态家族的一员，身上流着无法成为普通人的血液。无数个晚上我们都是这么开心。夏天过去，W 回到美国，Z 开始全国巡回演出，而 D，D 始终和我们在一起。

也许我应该让你和 W 见见面，认识一下，你很可能会对这个姑娘感兴趣。因为她和你一样，对大部分事情都不感兴趣。我真应该这么办，在 W 的死讯传来之前。那样的话也许你还能够救她。你会吗？你没有救我，但你可能会救她。因为她和你一样，也差不多是个天才。

除非你是在骗我。

“我骗了你。”

“什么？”当时我正蹲在你家地上，歪着头看着其中一堆书，打算问问你这房间里的这么多书，你是不是都看过。你拿起一张诊断单给我。

听力障碍？

“这几年越来越严重了，不知道什么时候会听不见。所以……”你拿出一叠戏票，都是第一排的，“这些给你吧，我不用再去看了。第一排也快听不见了。”

我不解。我非常不解。我看着你那张和我相似的脸，你老了。你比我显得老多了。这下别人更看不出来我们是兄弟了。

“怎么？”

“先天的。”

“为什么我从来都不知道？”你听不见。

“妈妈一直没发现，她以为我是阿斯伯格综合征。”

“为什么我从来都不知道？”你听不见。

你喝了口水。

“什么时候发现的？”你还是听不见。但你看懂了我的眼神。

“后来我自己发现了，大概是高中。还记得那个舞台剧吧？”

我点点头。

“一场灾难。”你竟然笑了，“因为我听不见。”

“那你也没听见我和校长……”我把话咽了回去。

“什么？你大点声。”

“没什么。”

“什么？”

“你是傻逼！”

“再大点声。”

“我是傻逼！”

你愣了。

“虽然你写的话剧很糟糕，但你也不是什么都不行。”你第一次对我说这种话，“对了，你有没有想过继续搞数学？虽然你没什么天分，但是回原来那个金融公司……”

除非你是在骗我。

4：38　40km

快到终点了。完成这42千米，我朝着重生的希望就又多摆脱了0.3g。

W死后你们都开始害怕D。我不明白。我们都是一样的垃圾，应该害怕的是自己，不是吗？你们应该开始每天早上害怕照镜子，看见自己的眼眶深陷，脸色发黄。你们应该开始担心自己不敢暴露于阳光下，闭上眼睛都是幻象。但L离开的时候，你们还是逞强嘲笑他是㞞货，胆小鬼，玩不起的Loser。实际上我知道你们中的几位已经开始偷偷去上班。我在报纸上看到Z在一场演奏会中发生了严重的错误。我们彼此都渐渐失去了联系。只是偶尔碰见还是活在想象的共同体里。我们是谁？小偷、骗子、无耻浑蛋。化学合成品的奴役犯。

我是谁？

D、W、L、Z，还有其他人，他们一个个突然冒了出来，跳到了我面前。“醒一醒。”他们摇醒我。我睁开眼睛，我们正一起围坐在北池子大街的某棵云杉树下。“怎么样？降落了吗？”D问。我抬头看看天空，月亮高悬。巨大的树影若隐若现。一丝风也没有。他们全都满身大汗，湿透了衣服。我也是。“你刚刚体验到了什么？”

我想了一会儿。“我在跑步。”

“啥？”

“跑马拉松。42.125千米。已经快跑完了。终点就在前面。”

“还有呢？”

“我还想起了一个故事。”

“什么故事？”

一百多年前，城里有一位作家。城里只有这一个作家。那时不像现在，那时人们生活很慢，热衷于听故事，主持盛大的葬礼，接待流浪汉。有一个男孩，他对听故事更是有着无穷无尽的兴趣。每天黄昏，帮母亲卖完盐，他都会踢踏着鞋子，兜兜转转来到作家的家里。“今天有什么故事？”他问。“哦，今天没有故事。”作家坐在火炉前，炉子是熄的。“为什么？每天都有故事，今天为什么没有？”“因为，你看火炉，瞧见没，没有柴火了。”“没有柴火就没有故事？”“没有柴火就没有故事。”“这还不容易？”男孩跳了起来，“我去给您弄点儿柴火。”男孩披上斗篷，蹦跳着出门去，“等我啊，一会儿我就回来！”

但是男孩从来没有捡过柴火。父母从来没有告诉他应该上哪儿去捡柴火。于是他向着城外走去，走向森林，越走越深。嘿，果然捡到了一些湿冷的木柴。但他还想让作家高兴高兴，以便写出更好的故事。于是他又向深处走，然后遇到了神。神问：“你在干什么？”“捡柴火。”“为什么要捡柴火。”“为了让那个作家写故事。”神想了一会儿，说：“其实他不是一个作家。”“那他是谁？”“他就是你。”男孩睁大了眼睛：“不可能。”神指着北方，说：“不信的话，你往这个方向走，很快你就会遇到他。”

男孩迷惑不解，还是按照神的指示向北方走去了。他走了很远，也没有遇到作家。反而遇到了一列士兵，城外正发生战争，缺兵少粮。他们立刻把男孩抓走了，补充进了自己的队伍。男孩不得不打了三年仗。他很快地长大了。战争结束，他生活的那个小城已经从地图上消失了。他只得在各个地方辗转流浪，寻寻觅觅。每当有人问他在寻找什么，他总是说："我在找一个作家，他欠我一个故事。"他一直没找到作家，反倒找到一位美丽的姑娘。他们结了婚，生了两个孩子。可是很不幸，另一场战争又开始了。他的妻子死了，两个孩子一个失踪了，另一个失去了一条腿。他觉得很痛苦，因为没有钱给躺在床上的小女儿买吗啡。这时候，他的女儿对他说："嘿，父亲，您能给我说一个故事吗？"

他从来没有给人说过故事，也早已把童年的事情忘了。这时，为了减轻女儿的痛苦，他不得不开始说故事。开口之前他本觉得无话可说，可神奇的是，当他一开口，故事就源源不断从他嘴里冒出。他想起来这都是他小时候从作家那里听来的故事。他说的最后一个故事，是他自己的故事。他开始说有一个小男孩怎么怎么爱听故事……他的小女儿慢慢地睡着了，睡着之前，她说："父亲，您真是一个好作家。"他的女儿挂着安详的笑容死去。

他怅然若失，但不怨恨作家，也不怨恨神。他回到地图上那个消失的地方，那片森林还在。他开辟出一块空地，给自己造了一间屋子。然后长久地住在里面。他是这里唯一的居民，也是唯一的作家。

除了 W，没人把这个故事听到最后。

“这是谁写的？”

“一个，”我想了想，“阿斯伯格综合征患者。”

“真是个好故事。”

我站了起来：“现在，我要继续跑了。”

W 朝我摆摆手。L、D、Z 和其他人，都朝我摆摆手：“加油。”

“闭嘴，傻逼。”

于是我再次跑在了这条全中国乃至全世界最宽阔的马路上，感到内啡肽像一万个宇宙一般占据了全身，我想我的脸上应该挂着睥睨众生的微笑，我宽大的 T 恤被风吹得扩开来，影子投射在地上。我感觉自己像一个英雄，一个蝙蝠侠。一个和两千万普通人一起，住在北京的蝙蝠侠。

你爷爷也一样

我刚收拾东西从前一家公司滚蛋，我爷爷就心急火燎地发来短信，说投资三百五十亿的万达文旅城需要三万多名员工，这样的大型文化企业有我这种阅历少的年轻人取之不尽的学习机会，在那里人才大有用武之地。只需要找王科长介绍就好。他最后写道。

我立刻把家里窗户全部打开，窗帘拉开，所有的灯关上（我在大白天也喜欢开灯），伪装出家中无人的样子。又想起网络还连着，便赶紧把插头拔掉。有一次就是因为这样的疏忽，整个儿的伪装毁于一旦。当时爷爷敲了五个小时门，我只好开门，装作刚刚睡醒，漫不经心地问他怎么知道我在家。电脑没关嘛。他掏出手机，给我看连上的 Wi-Fi 用户名，Fucking Grandpa。这是什么意思？他问。我英文名。我说。

从那以后，我就更加小心。藏在门口脚垫夹缝中的备用钥匙也被我和对门邻居偷偷对调。确认每一个细节后，我戴上耳机开始看一本惊险小说。

一分钟之后，我爷爷开门进来。我大惊失色，你怎么进来的？他愣住了，用钥匙啊。我怒不可遏，你的钥匙从哪儿来的？你给我的啊。我也愣住了，什么时候？有这个房子的时候。我还在仔细回想事情的可能性，爷爷已经换好了鞋子，在沙发上坐下。

他掏出各种企事业单位的宣传单，一份一份铺开，整齐地摆放在面前，像一个推销员准备开始演讲。这时他发现窗户全部洞开，便站起来去关窗户。你为什么要把窗户打开？我迟疑了一下，我正准备出门。哦，那我来得真是太巧了！你有事？我赶紧点头，我正准备去吃个重要的饭。跟哪些人？说了你也不认识。你不说怎么知道我不认识？……就是那个什么校长的儿子啊、那个行长的女儿啊、那个跟我一样大的女连长啊、那个证券公司老总的儿子，还有……你还认识这样的人？认识啊，他们原来都是我同学。现在呢？现在我要去跟他们谈一个买卖。什么买卖？爱情买卖。哦！我爷爷重新坐下来，那我就长话短说。

我赶紧把外套穿上，不用不用，王科长的电话你告诉我就行了。什么王科长？就是你短信里说的那个啊。

哦！对对对！我爷爷像才想起来似的，慢腾腾地从上衣内衬口袋里摸出一个小本本。每翻一页，都要蘸一下口水。那本子的每一页都因常年浸润在口水里而皱折卷曲起来。爷爷的眼睛陷在皱纹里，仿佛已经消失了，和时间一起。

找到了。他终于翻到那一页。你记一下。我看了一眼，点点头。你记住了？我点头，记住了。那你背一遍给我听听。我掏出手机来，虽然我已经记住了，但以防万一我还是再用手机记一下……这个王科长是什么人？我一边输入号码，一边问。王科长你都不记得了？！我爷爷十分震惊。我茫然地摇摇头。我看到他伸出舌头，舔舔嘴唇。水在哪儿？他问。我意识到，完了。

就是你王伯伯，你小时候他还抱过你，为你把过尿的。他爸爸跟我，我们一块儿教书的那个啊，当年……我开始找鞋子穿。真来不及了。我说。他一把拉住我，水在哪儿？你先给我倒杯水嘛。我指指厨房，继续找鞋。他只好重新坐下来，失望地说，爷爷老咯。我一回头，惊讶地发现他竟然从那双眼睛里挤出了一滴眼泪。他面前明明就有一杯水。我只好也坐下来。

我从沙发上醒来的时候，天已经黑了。当年就是这么样一个情况。我爷爷说。你还去吃饭吗？我点点头。

那你还不快点？我只好起身穿鞋，拿上那本惊险小说。你就带这个去跟他们吃饭？我麻木地点点头。你等等。爷爷从袋子里掏出一张书皮，用这个包上，他指示我。我接过书皮，上面写着，《百年孤独》。别忘了给王科长打电话！

我绕远到附近的商店吃了晚饭，然后步行回家。路上就接到爷爷从他家打来的电话，我直接掐断。过了五分钟，电话再次响起。我快步向家走去，只要回到家，就可以把手机放在没有信号的位置。但电话第三次响起的时候，我误接了……当时一位认识的邻居牵着女儿在楼下跟我打招呼，你放学啦？她问。没有，我已经工作好几年了。她不相信似的，又问，你做什么？我脸上不自然的神色已经成功地调动起她的好奇心。文案，我只好拿前一份工作打发她。噢！她恍然大悟（有什么可悟的），待遇一定不错吧？就在这时，电话响了，我救命似的接了这个电话。

你给没给王科长打电话？我看着女邻居，她和她女儿一直充满善意地看着我。我只好侧过身子，这个举动显然给她泼了冷水。她立刻做了不再打扰我的手势，拉着女儿疾步走开，仿佛原本就不是在散步。我还在吃饭呢，我说。哦！太好了，你不用跟王科长打电话了，我刚刚给他打过了，明天你直接去找他，他说。带点东西，他又神秘地补充道。

第二天一早，我爷爷又开门进来。我还在睡觉，以为家里进了贼，吓得整个儿躲在被子里趴平，手中抓着一副耳机，打算假装被子里没人，如果被发现，就用耳机线缠死贼。大不了就是个死。我爷爷一把掀开被子，你怎么还没起床？我跳了起来，你怎么进来的！用钥匙啊，他说。前一晚回来时，我特地检查了门口脚垫夹缝里的备用钥匙，确实是对门的无误，而我家的钥匙，也躺在对门大门上方一个墙壁缝里。为了不再犯错，我甚至把我家的钥匙拿了回来。你的钥匙到底哪儿来的？！你给我的，他说。不可能！我语气非常强硬。我偷偷配的，有一瞬间我以为他就要这么承认了。

他只是把两瓶白酒塞给我，快点收拾一下出门。去哪儿？去找王科长啊！

王科长家在靶场路上，如果不是纸条上写得清清楚楚，我几乎以为这是一条不存在的路。因为我从没听说过我们这儿还有这么一条路。我拎着两瓶白酒，一路上都在留意旁边有没有什么商场。这两瓶酒实在是太不值钱了，拿这个送礼简直是笑话。但一路上都没有可以稍微买点礼品的地方，我只好继续拎着，想到了再说。

但直到我走到那小区门口，依然没有出现一家商店。我只好把两瓶酒直接扔进了门口的垃圾箱。带点东西，我脑中又浮现出爷爷那句有时代感的潜台词。我按响门铃，没有人在家，太好了。就在我准备草草为这件事画上一个句号的时候，一个五十岁左右的男人从我后面走近，打开了大门。你不进去？他看着我。他的头差不多全秃了。我摇摇头，我来找人的，人不在。

啊，你是王老师的……他恍然大悟（怎么悟的）。我呆了一下，你是王科长？对对。他那张脸立刻生动起来。快进来吧，真是太巧了，你看，我去买包烟，差点就错过了。我们一起走进去。他先上楼，我看到他手上提着两瓶酒，和我扔掉的那两瓶一模一样。

他从门口的脚垫下面拿出钥匙，开了门。我本想问他这酒从哪儿来的，这时却忍不住提醒他，你这么做不安全。啊？他茫然地看着我。你的钥匙放这儿不安全，我解释道。他笑了，没事，放了几十年了，从没出过事。我不忍告诉他我自己的经历。

我跟他一起进去，没脱鞋。我说，没带什么东西，真是不太好意思。他赶紧说，哪里哪里，我父亲跟你爷爷什么交情，还用带那些？不带应该的。

我想着赶紧把事情完成了（这也是我没脱鞋的原

因），就直接说，王科长……他打断我，王伯伯！哎，王伯伯。我说。万达文旅城那个事情……他一副了然于胸的样子，你放心，就是我一句话的事。我说，不不，我还没想好……噢！他并不在意。你慢慢想，吃完饭你再告诉我你想干啥。吃饭？不用不用，我马上就走。急什么？你慢慢想啊！说完他就扔下我走进了厨房。

我只好随便找了个地方坐下来。电视机是开着的，只是没有声音，正在播放一个宫廷剧，我盯着画面上太监的脑袋，有些恍惚，我究竟在这儿干吗？我想到在前一家公司工作的时候，领导也是个秃子，只是我从来没有认真留意到这件事。我们这家小广告公司，当时正在做一个洗发水的项目。由于是第一次做文案这样的工作，我误以为这里头包括一些社会常见的那种灰色事务，比如替领导端茶倒水，买烟跑腿等等。出于这种误解，一开始我就做好了谄媚的准备，留心观察领导的需要而不是会议主旨。一次正好被我抓住了这样的机会，领导、我和另外两位员工一起去客户的公司，我们是坐公司的车去的。他坐在副驾驶，我们三个坐在后头。中途领导掏出烟（我一直在观察），但犹豫了一会儿，又放了回去。没有打火机，我有些激动地得出这个结论。趁车停下来加油的时候，我在加油站的小卖部买了打火机。回到车上，我一直静静地等待领导再次掏出一支烟。但……怎么会。如果他没有打火机，就不会再次掏出烟。就在我因想到这一点而沮丧的时候，他再一次地掏出了烟，和打火机。实在忍不住了，他不好意思地回头冲我们笑笑。

多好的领导啊，就是因为这样，我才一直没搞清楚自己被炒的真正原因。一位前同事曾经善意地提醒过我注意文案的措辞。有什么问题？我问他。你不应该频繁地提到秃顶这种……他没说下去。见我一时没有转过弯来，他又提炼了一个词组，中年男人的雷区。我这才意识到我们那位领导的头发问题。但很快地我就又忘了。在一次会议上我甚至公开地嘲笑了秃子，那其实是出于一种自嘲（我的头发也很少）。之后不久，我就接到了人事部那边的通知。和以往不同，我有一点伤心。

王科长的老婆回来打断了我。怎么不开声音？她把便鞋脱下换上拖鞋。注意到这一点（被炒之后我对这些细节非常敏感），我微微感到有些局促。我看画面就好，我说。把声音打开嘛，她说，然后也走进了厨房。我便开始四下搜寻遥控器。但是哪里都没有。我犹豫着，想要不要走到电视机面前直接调节音量。我穿着鞋，每扩大一寸踩踏的范围都要做出一番斗争。

就在我蹲在电视机面前寻找下面的音量按钮时，王科长和他老婆一起出来了。他们招呼我，吃饭了！这是小马，王科长介绍我。你小时候我还抱过你的，你记得不？我想起我爷爷说的，点点头。这你都记得啊？记性蛮好嘛，那你可记得……王科长顿了顿，没继续说。他把那两瓶白酒放在桌上。我赶紧说，我不会喝酒。他脸色一沉，这怎么行？这酒我就是因为你来才买的。

喝到第三杯的时候，我有点晕，伸手推开了王科长递来的酒杯，酒洒出来，有一些溅到了他衣服上。我没有太惶恐，毕竟只有几滴。王科长却勃然大怒（为什么），你和你爷爷一样！我愣住了。你爷爷……他老婆满上酒递过去，想要阻止他。呵呵，当年住一个楼上一个楼下，我爸在外面被游行，他为表忠心往我家门上泼粪，一句对不起没说过，现在有事了就来求我们家了。这可能吗？！他越说越激动（为什么）。我脑中十分混乱，结巴起来，不好意思……我站起来。王科长老婆一把拍在我肩膀上，你坐下！

他老婆给我倒上酒，喝。我只好拿起来喝掉。王伯伯，谢谢招待，要不我这就……他老婆怒视着他，王科长突然清醒过来。别急啊，你想干什么？他问。我愣了一下，我不想干什么啊。我是说工作，你想干什么工作？我实在有点把握不住他的态度，泼粪的事情还在我脑中回荡。我不知道……我说。唉，你们这些年轻人啊，一点目标都没有，不知道自己想干什么，也不知道自己能干什么。他竟然自斟自饮了起来。我问你，你到底想做什么样的人？王科长的声音振聋发聩。我、我不知道……我脸红了。他盯着我，你爷爷也一样。

过了一周，我就去万达文旅城上班了。上班第一天，我惊讶地发现我的新任领导竟然又是一个秃子。我暗暗想这是一个考验，如果不能学会跟秃子和平共处，我连别的事也别想做成了。至于还要做成别的什么事，我还没想好。但令人尴尬的是，接二连三认识的新同事，他们竟然都是秃子……而且跟他们比，我要是再自嘲说自己是秃子，简直是在侮辱他们的秃。他们秃得实在是太真诚了。在这种微妙的气氛下，我无法想象自己如何能做好这份工作。

为什么要给我安排在这个部门？我没法不往坏的方面想。三万多名员工的大型企业，只有这个部门是全秃的。上班才一周，我就在食堂吃饭的时候听到了别人对我们这个部门的称呼，灯泡组。一次一位别的部门的同事竟然不小心直接说了出来，我接了电话，她第一句话就是，灯泡组吗？我还没转过弯来，扭头问旁边的秃子同事（才二十多岁），灯泡组是哪个部门？他面色阴沉，就是找我们的。我不解地继续问，不对吧，应该是找后勤那边的吧？他不说话了。我忽然反应了过来。那个上午，我们都没再继续说话，直到下班前大家一起聊起了房产的话题气氛才缓解过来。

中间有几次我爷爷来家里找过我。但我直接把实木的饭桌拖到了门口，抵住大门。他也就没能进来。最后一次他差点就把桌子推开，我赶紧靠上去抵住桌子。他一边用力推门一边给我打电话（还好我设成了静音）。我接了电话（不接就更可疑），他问，你在哪儿？我说，在外面。在干啥呢？吃饭呢。我死死地靠在桌边。还是跟上次那几个？对。你那个买卖谈成了吗？在谈，在谈。你在哪里吃饭啊？他竟然问得这么明显。我怀疑他是听到我在屋里说话。在龙泉路！我说。这么巧？！我也在龙泉路。他一边说，一边又猛地敲打了一下大门。我说，不会吧，你在龙泉路哪儿？他支吾了一阵，在肯德基门口。我赶紧说，我在麦当劳。他大喊，哎呀，搞错了，我也在麦当劳！我突然感到一阵轻松。是吗？我就在最里面那个桌子，你往里走就能看到我，要不我出来接你一下？你别动啊，我已经站起来往外走了。我爷爷愣了，我听到他在门口转身下楼的声音。不用了，我赶公交车呢，你们吃你们吃，我走了。

这一次之后很久，我爷爷都没有再来。偶尔晚上能收到他的短信，提醒我看中央电视一台的全国优秀少年节目。太感人，他写道。

上班时偶尔能碰到王科长，他总是非常热情地招呼我，小马，工作还顺利吧？眼神里充满鼓励和宽容。这让我内心十分复杂。尤其是当我得知他其实是我们这个部门真正的主管时。我的工作可以算得上轻松，不过是写写讲话稿，整理文件，操弄电脑。午饭时我跟同事们一起去公司的食堂。食堂富有企业文化特色，有不同菜系的窗口，虽然尝起来味道并无不同，但我还是能体会到这种三万多员工的大型企业与几十人的小公司之间的不同。最大的不同就是这里的人不会轻易流失。每个进来的人都是打定主意要把毕生奉献给这个地方，即便会发生什么爱恨情仇。

当我认识到秃子和普通人之间并无相处模式的不同，并且其中有一位并非秃子，而是刻意留了光头后，我也逐渐习惯了这里。和同事们熟悉之后，我时常感到一种想要跟他们开开秃头玩笑的冲动。我甚至留意起了这样的笑话，偷偷记在心里，并反复操练讲笑话时的语气、节奏和手势。我觉得这有助于帮助他们正确对待自己的这个问题。我想让他们知道这并不是什么缺陷，乃是看待世界的另一种途径。至于是什么途径，我还没想好。

在我以为我爷爷短期内不会再来，并将桌子恢复原状的时候，他又一次地打开门直接走了进来。我忍无可忍，勒令他交出钥匙。他惊奇道，什么钥匙？我说，你开门的钥匙。他说，你门没锁啊。我怒吼，没锁？操你大爷！我们都愣住了。我抬头看了一眼门口摆着的太爷爷遗像。我爷爷也在看。我结结巴巴地解释，北方话的大爷跟我们南方指的不太一样。有一瞬间我以为我爷爷要打我一耳光。但他只是……竟然又挤出了眼泪。爷爷老了，快死咯，他哽咽道。我冷冷地说，你能不能振作一点？他问，上次让你给王科长带的酒你带啦？我点点头。你给他了？我点点头。他笑了，太好了，那酒里有东西。我愣了一下，回想起当时的场景。酒里有什么？我问。我爷爷神秘地摇摇头。我一把捏住他的手，把他手里藏着的钥匙抢过来。他吃惊极了，没想到这个变故，眼看着又要哭了。我十分愤怒，你在王科长他家门上泼粪的事怎么不说？！他十分委屈，我说了啊，不过你睡着了。

后来，可能是电视开着，我们一起看了一会儿央视的全国优秀少年节目。太感人。他一边掏手绢擦眼泪一边咕哝。也可能是想到我竟然没收了他的钥匙才落泪。你工作怎么样？他问。我说，还好还好。买卖呢？也还好。对了，我忽然想起来……不知为什么，我把同事们全是秃子的事说了出来。我爷爷惊呆了，他的眼泪已经干了，手里却还抓着那块手绢。他的脸色变得非常差，他是故意的，他喃喃道，他是故意把你安排在那儿的。我要再往老王家泼一次粪！他恶狠狠地说。说完站了起来。我盯着他，意识到他要往哪个方向走之后，一种不祥的预感裹挟了我。厕所门坏了，我冷静道。

谋杀电视机

我对自己发誓如果女朋友第三次把门摔在我脸上，我绝对转身就走不留一句话，像个真正的E省男人。

但如果我真的做到而不是第三次在她家门口的楼梯上坐上两个小时，等到确认她已经睡着完全没有进门的希望，我也不会在回家的时候撞上这伙正在我家拆卸42英寸电视机的强盗。

那样的话我的人生或许还有救。

1

我和女朋友的父亲第一次见面，这个比我矮五厘米却比我重起码三十斤以上的男人就对我表达了他的不信任。“小伙子，抽空练练壁球吧？”他捏了捏我的肩膀，暗示我应该多练练臂力，以免打老婆的时候胳膊抽筋。

但我宁愿把这种暗示往好的方面去想，不是打老婆而是另一类日常运动，比如揉面。

当时我和他女儿的关系还止步于看电影、吃饭和扔一百块的硬币抓娃娃，完全没有意识到我们会在共同生活上遇到什么麻烦，至少，还不至于到要动手的地步——为了避免我那些同事们的长舌，好几次我都不得不在 36 摄氏度的夏天穿着长袖衬衫上班。

你看出来了，我绝非那类第一眼就能吸引到女孩子的男人，第三眼、第十眼也很困难。我想过，或许是因为小时候的异性缘太好，我才在二十几岁不得不珍惜每一个愿意对我多看几眼的女孩。至于小时候的异性缘——

我这个人在很多方面都没有什么天赋，唯独在抓娃娃上有着惊人的成绩。这事对一个男人来说其实毫无炫耀的价值，反而会引来异样的眼光。但对一个十岁的男孩来说就不一样了。小时候每一个去过我家的女孩子都被家里四处堆满的娃娃惊到，她们尖叫着扑向小鹿斑比、巴斯光年、米老鼠、维尼熊等各式各样的娃娃，度过天堂般的数小时，然后哭喊着被早已丧失耐心的父母强硬拖走。我站在门口礼貌地和她们挥手告别，欢迎她们下次再来，然后踱步回屋，像个真正的绅士。那时候，就算是电视里四点钟的《动画天地》也不及去一次我家对她们的吸引力大。

说实话，我一点也不喜欢这些花花绿绿的廉价布料做成的没有商标的仿制货，但被这样不加掩饰的尖叫声鼓励，我又怎能在下一次路过游戏机厅的时候，不把所有的硬币花在控制那个简单的机械臂上呢？

我曾经以为谈恋爱就和抓娃娃一样简单，所以女朋友的父亲捏我肩膀的时候，我忍着痛想告诉他，我的胳膊不是没有练过。

我没有直接这么说，而是一直在夹火锅里的鹌鹑蛋。

生活让我知道我完全错了。就像我曾经以为女孩们会一直把我家当成她们的天堂，而不去看电视上那些愚蠢的动画，直到她们慢慢长大，开始在八点档守着一百多集的爱情电视剧默默哭泣。我知道我提供的欢乐不会再比得上那个小盒子里一个持续三秒的吻了。

和女朋友刚开始在一起的时候，在一次约会时我无意中展现了这方面的实力，她愣住了，是那种真正的拜服。她立刻去掉了每句话末尾的“啦”，双脚也不再内八，此后再也没有在写字时把笔帽含在嘴里。我知道我们的关系进入了一个新的阶段。

她轻轻喊出的“哇”，立刻唤醒了我童年时有关那些尖叫的记忆，也唤醒了我对抓娃娃这个技能的回忆。这之后，我们几乎每次约会，她都会带着一两个娃娃心满意足地回家。我几乎真的被她眼睛里闪动的欣喜打动了，相信我们在其他方面也会这样合拍。

我开始越来越少地回到自己租住在市南区那个一居室的房子，留在她宽敞温暖的市北区的怀抱里，第二天再穿越城市整条对角线赶回市南区上班。当我发现我们之间的状况远远不像我想的那么简单时，我一个月已经没有几次在市南区听着轻轨的声音入睡了。

我们有过几次真正的大战，说起来其实也都是一些不值一提的小事，和别的情侣会遇到的没什么不同，了不起就是我之前的一些女朋友不时还会跟我联络啦，我赚的钱不够她继续保留在上一个男朋友那里养成的收集癖啦，我说话的口音总是带着挥之不去的 E 省尾调，我对她的猫并非发自真心地喜爱等等。

但那又怎么样呢？这是短暂的热恋期度过后必然会面临的磨合期，我和之前的女朋友也有过类似的时期。那几段关系也几乎全部止步于此。这一次不一样，我有一种奇怪的信心。

或许是因为她是唯一一个会在我操纵机械臂抓住一个丑陋的史莱克时喊出“耶”的女孩，或许是因为她有一个手感超棒的D罩杯，或许是因为她的父亲让我相信我可以成为一个真正的E省男人。

如果说我们的生活里有什么我真的难以忍受的矛盾——

这就是为什么我会花大半个月工资买了一台自己根本就用不上的电视机放在那个一个月住不上几天的屋子里。我是说，这年头谁还看电视？但我不能在女朋友面前拿出这种态度，毕竟她每晚都要花上几小时漫无目的地接收那个机器提供的电影、电视剧或是真人秀节目。我曾经试探性地问过她："宝贝，你为什么不试试用电脑？那样你就不用非得等十一点的《猛鬼街3》，你现在就能看……"我看了眼挂钟，"等到十一点，你都能把剩下的《猛鬼街》看全了。"

"哦，可我并不想看《猛鬼街3》。"

"那更好了，你想看啥？我现在就帮你下。"

她摇摇头："你不懂，我什么都不想看。"

但十一点，她还是会陷在沙发里，抱着一盆微波炉转出来的即食爆米花，遥控器放在手脚可够的范围内，目光空洞地盯着电视机上影影绰绰的画面。那样子让我相信不会有任何一部《猛鬼街》能吓到她。

我确实不懂，互联网已经发明几十年了，什么人还会守在电视机前看一部中途会插播牛奶广告的恐怖片。

而当她开始偶尔会来到我那个狭小凌乱的一居室回访后，对我提出的要求既不是至少每周洗一次衣服，也不是少吃冰箱贴士上建议的健康食物，而是为这个连做爱都嫌可用姿势太少的屋子置办一台电视机，以供她来这儿过夜时不会太无聊。

我们吵了三天三夜。

第四天我去家最近的商场挑选了当季卖得最好的一款电视机，4K 超高清、LED 液晶、十核顶配，最重要的是 Wi-Fi 连接，这意味着无限的电影。

女朋友按下遥控器的时候我期望看到她发现我能把她想要的任何娃娃都夹出来送到她手里的那种惊讶。我确实看到了一种类似的惊讶。然后她放下遥控器扭头就走，只甩下一句话："你根本不懂！"

我确实不懂。

2

推开门的时候，那两个一胖一瘦的家伙正抬着我的这台电视机挤在房间中央。"高一点！抬高一点！"我顺着声音看去才发现电视机下面还蹲着一个男人，他左右拽不下来连着墙体的最后一根线，只好拿起剪刀准备把线剪断。我和他四目相对时，第一反应居然是这男人长得颇为清秀。下一秒他“咔嚓”拆掉了最后这根线。

这时距离这根线装上墙体还不到一周。

“放下电视！”

然后我就眼睁睁地看着我的电视摔在地上，屏幕“咣当”一声爬满裂纹。这三天来去女朋友家被摔门的委屈也瞬间爆炸，我的眼泪一下子涌上来：“操你大爷！”

那两个家伙对视一眼：“不是你让我们放下的吗？”

“我和你们拼了！”

“你说啥？”那个剪电线的男人站起来，我发现他至少比我高半个头，黑色T恤挡住了胳膊一半的文身。我的眼泪顿时止住了。

“我说……赔我电视！”

一胖一瘦两个家伙又对视一眼，然后开始收拾地上的作案工具，仿佛事情已经顺利解决。高个儿男人也不再搭理我，弯身查看电视机，用遥控器测试一番。但他并不是像在检查电视机是否还能用，倒像是在确认它真的已经报废。

“飞哥，怎么样？”那个瘦子把地下最后一把扳手塞进尼龙袋里，拉上拉链。

飞哥掏出一支记号笔，在电视机背面画上一个笑脸符号，对瘦子点点头。那胖子早已完事，拿起电视机柜上的剑玉在一边研究起来："你的？"

我点点头。我竟然还会点点头，而不是说：这他妈是我家，不是我的难道是你的？

飞哥和瘦子朝门口这边转身，瘦子这才重新注意到站在门口的我，突然想到一件事，指着我说："飞哥，他看到了我们的样子哎。"

这一瞬间我的脑海里冒出的全是陪女朋友在电视前一起看过的压缩画质的惊悚片画面，以及那无数相似情节里的关键台词，这才意识到自己应该做的第一件事不是喊"放下电视"，也不是喊"别放下电视"，而是报警。

更保险的做法是，跑。

整整过了两个小时我才敢轻手轻脚地上楼，这时天差不多亮了，经过我楼下那户时门突然被推开，我吓得几乎整个人趴在对面墙上。老头伸出手把一袋垃圾放在门口，看到我这个状态也有些疑惑："小伙子，你这种瑜伽楼道施展不开吧？"

等我掏钥匙再次打开自己家的门，发现除了摔在地上毫不灵光的电视机没变，那三个家伙消失得无影无踪。十分钟后我发现一同消失的还有那个剑玉。除此之外什么都没少，连桌上放着的一沓现金都一张没少。如果不是我的幻觉的话，我觉得甚至还多出了一本书。

警察起初对我的话还半信半疑，等到我女朋友气势汹汹跑过来对着我就是一顿劈头盖脸地骂，然后又一次地甩下一句“我跟你根本就是两类人”，扭头走掉，警察就彻底地相信我是自导自演了这场入室……入室……

“入室砸抢。”我提醒对方。

“对，入室砸抢，一台价值五千块的电视机，和一个……那玩意叫啥来着？”

“剑玉。”

“剑玉。价值多少来着？”

“二十三块。”

这个中年警员长长地“哦”了一声，然后再次确认：“这个剑玉，它不是玉对吧？”

“你觉得呢？”

中年警员看了看我的脸色，终于识趣地闭嘴。临走前，我问他这事儿什么时候会有结果。“对了，你们还得派个人过来，让我给他讲一下那三个人长什么样。”

警员看着我，仿佛我在说什么他从来没听过的东西。“那种画犯罪肖像的，你知道吧？”我自顾自地点头，“那三个人，我记得一清二楚。”

警员点点头，语焉不详地表示他只是个小警员，这件事怎么处理得经过很多道程序，我的损失又不是很大。“我劝你啊，你还是先哄哄女朋友吧。”

他走后我翻了翻沙发上那本多出来的书，一本叫作《失明症漫记》的科幻小说，作者从没听过。

3

我先是浪费了一周时间跟女朋友解释，这事儿真的是有人上门破坏，并非我气急败坏摔了电视跟她赌气，然后就发现还不如请她去天价料理店吃一顿外加蒂芙尼新款项链来得有效。当然，一周以来穿插并行的那几场令人满意的性爱也起到了一些作用。电视没了，她不愿再到我住的地方来，我们便继续在大部分时间和平安静地待在她的房子里。这件事过去之后，我觉得她有了一个小小的改变，不大愿意再看电视上那些地面频道提供的没有版权的国外电影，宁愿去看诸如《我把妈妈变小了》之类的真人秀。但我也实在不明白这种播了已经快二十年的老掉牙的节目怎么还会有人在看。

我把那个坏掉的电视机卖给了回收废品的人，一百五十块。那人一个劲地感叹自己赔了本。我怀疑如果没有那个怎么都去不掉的笑脸符号，我至少能多卖三十。

我捏着两张钞票去上班，中午时候开始下雨，我发现左右找不到那本《中国北方喀斯特水源地勘探方法研究》，只好下班后在书店重新买了本。然后买了女朋友叮嘱要补充的进口猫粮。剩下的钱刚刚够我吃顿还算过得去的晚饭。

吃饭的时候我一边翻工作报告，一边听其他食客闲聊。由于下雨，顾客比平时多了一些。这是我在市南区和市北区奔波之余唯一的一点儿闲暇。所以我总是尽可能地拖延吃饭的时间。

“老板，电视机呢？”

听到有人这么问，我才抬头看到，原本挂在店里的那个宽屏彩电无影无踪。平时独个儿来吃饭的客人，多少会靠这个打发时间，成双结对的，也能自电视提供的话题扯点大事小事。自从那件事发生之后，我对“电视机”三个字异常敏感。我本能地觉得老板会给我一个特别的回答。比如——

“被砸了。”

我差点被拉面里的卤蛋噎住，狂咳一阵，周围几个食客和老板都被我的反应吸引过来。过了三秒，老板才继续道：

“妈了个巴子的小畜生，喝醉了在店里闹事，差点连店都砸了。”

我这才发现这家时常光顾的拉面店，个别桌椅换了新的，墙面也有修补的痕迹。不过人一多，也就看不太出来这些补丁。被闯空门之后，好几天没睡好加上女朋友的折腾，搞得我神经太敏感，竟然以为砸了老板电视的家伙和砸了我的是一伙人。

“哦，赔了么？”

“赔了，要不哪有钱继续做生意呢。”

“老板你生意那么好，会缺这几个钱？”

“怎么不缺，怎么不缺。”话是如此，老板却还是高高兴兴的。

“唉，我就倒霉了，家里电视被儿子砸了，这几天比赛都没得看。”

本来放下的一颗心又重新吊起来。

“你家小子长本事了，都敢砸电视了？”

“还死不承认呢，一顿好打，这几天躲到同学家去了。”

“怎么？谈恋爱被你发现了？”

“他有那个胆子也没那个魅力。偷偷买漫画被我发现了。”

“请问……”

隔壁桌的聊天被我打断。

“电视被砸的时候您家有人吗？”

“当然没有啦，否则他敢？！”

“噢……”

陌生人的关注显然让男人觉得自己开启了一个极具吸引力的话题。

“砸完了还给我在上面画个图画耀武扬威，不揍不行，你说现在的年轻人到底在想什么，啊？”

我点点头，表示赞同，心里为那个倒霉孩子感到可怜。

“以前没见过您啊，不是熟客吧？”

“这你就猜错了，我在这儿都住了二十几年了。”

“噢……”

我放下筷子和钱，走出面馆，雨已经停了。

4

我把墙上原本贴着的几张工作图表揭下，从书架中间的抽屉拿出一张全新的本市地图钉上去，在我家的位置和面馆附近的小区各按上一枚大头钉。你猜错了，我不是推理片中毒，对抓到那三个人完全没有头绪，甚至根本就没产生一点点这方面的念头，我会这么做完全是……职业习惯。

我在本市的土地勘探规划院工作，一半时间要出夜班，在大街小巷流窜，收集数据。这份工作干久了，走在街上，我发现自己看到的不再是一栋大楼、一家快餐店、一所医院，而是一个个坐标。1978 年之后，全国已开始统一使用 1980 西安坐标系。但在我的脑海里，它们仍位于 1954 北京坐标系。

你看出来了，我是一个念旧的人。

出夜的时候有时会有同事跟我一起，有时候只有我一个人。这时整个城市醒着的除了路灯、冷风，就只有商场橱窗里的假人。有些商场的橱窗里会放着成排的电视，那些电视永远都不会关，播放着定制好的节目或电视剧。这种无处不在的现代文明不知会让人得到稍许安慰，还是更令人孤独。

比如现在，我路过的这家商场橱窗里的电视就在循环播放着两年前的《我把妈妈变小了》，那位穿着小西服、头发被精致打理过的小男孩，在略微手忙脚乱地给母亲做一顿早餐。我知道那个蛋将被打翻，这对母子档会因此失分，但他的母亲会摸摸他的头，向他投去鼓励的目光。主持人“路宝妈妈”会温和地记下这一切，在之后分析这是父母与孩子相处的基础，尊重。

我会知道这些是因为这是我今晚第二次回到这里检

查数据，这些内容我刚刚就已经看过。

因此那三个人影从对面路过时，我才没有受到橱窗内容的干扰，瞬间就辨认出了他们。准确地说，我是先听到一种熟悉而有节奏的敲击声，才注意到他们。

“乒、乓。”

“乒、乓。”

那三个人影中最胖的那个，正熟练地拿着一个槌子状的东西颠球，我认出那是一个剑玉。我的剑玉。

“你们！”隔着马路我开始大喊。他们三个人停住了，但显然没认出我，等我走近，瘦子才张开嘴巴。

“哟，是你？”

“赔我电视！”

“我早说了，还是该戴个面具。”胖子对飞哥说。飞哥没理会他，而是盯着我。他胳膊下夹着一本书，双手插在裤子口袋里。

“好啊。”飞哥向马路对面一指，“你想要哪台？”他的手指从那排电视前缓缓指过去，“这个怎么样？跟你那台很像吧？”

我竟然有那么几秒认真思考了一下哪台电视机比较接近我的那台。

见我没反应，飞哥从我旁边走过去。瘦子和胖子紧随其后。我反应过来的时候，手里已经紧紧攥住了飞哥的衣服。

“赔我电视。”

飞哥露出迷惑的表情，重新看了看对面，向我继续提出这个荒谬的建议：“不是问你了吗，要哪台？”

我直接朝他挥去了拳头。三十秒后，我彻底趴在了地上，看到那三个人影不断远去。在他们消失前，我终于爬了起来，鬼使神差般跟在他们后头。

他们在深夜里的大厦之间穿梭，走过了肮脏的小巷，打烊的小吃摊，亮着很暗很暗的光线的酒吧招牌，然后进入一片庞大林立的住宅区。

他们知道我一直跟在后面，只有胖子偶尔会回头看我，三人一开始还不时有小声议论，很快就仿佛达成了某种默契，没有人出面阻止我。

我突然有了一种奇怪的感觉，我和他们是共谋。

5

我到现在都很难回忆起自己那时究竟是真的为一台女朋友想要的电视被砸而不甘心，还是完完全全被这几个家伙诡异的行踪蛊惑住了，才跟在了他们后面。

胖子叫鸡仔，我后来才知道他是开锁的好手，是这个团伙里真正的技术人员。

通常来说真正进入一户普通居民楼至少需要开三道锁，小区大门、楼道大门和单户防盗门。大多数的小区大门用单勾开锁就能搞定，实在不行就只好用取弹子的暴力开锁法，这方法需要一把锉刀、一把锥子和一根铁条。剩下两道鸡仔会神神秘秘地用一种锡纸开锁法，需要借助专门的锡纸工具，不论是一字锁、十字锁还是AB锁都可以轻松搞定。

但我头一次跟着他们“作案”时，鸡仔根本没发挥出任何开锁的技能。因为更多的小区除了一个昏昏欲睡的门卫外根本就没锁，楼道大门则由于大部分的居民不习惯频繁开门，会让它被一块门砖顶住而保持永远开启的状态。保安则是形同虚设的NPC，你只能在车库或杂物间看到他们脸红脖子粗甩牌或搓麻将的身影。

他们三人，不，准确地说是我们四人站在一户插着茱萸草的防盗门门口，飞哥和鸡仔站到两旁，我被鸡仔从挡道的地方拽到他旁边。瘦子稍微摆弄下衣服和头发，把它们弄得更加凌乱，然后按下门铃。

“夜宵外卖！”

没有反应。

飞哥用脚踩了踩门口的垫子，停在一处，弯腰掀起垫子拿出一把钥匙，自然流畅地打开了门。我看得目瞪口呆，决心下次再也不把备用钥匙放在门口。

两室一厅，老房结构，通风走廊，客厅在进屋第一间，左边是厨房和厕所，尽头是两间卧室。屋内没有人。

鸡仔留在门口望风，手中剑玉不停。

一间卧室被明星海报、笔记本电脑和成堆的手办占据。飞哥看了一眼就确定这房间不会有电视。这毕竟已经是和我隔了几代的年轻人，他们的屋子里已经再也看不到 CD、书或者风筝。

电视在另一间稍小的卧室里，这里只有一个略微老式的大衣柜和一张大床，铺着杜鹃花的粉白旧床单。我们几乎是同时看到了那个目标。

那是一台至少是十年前的电视机，笨重宽厚的长方体，老式屏幕，多半还是 AVI 接口。

飞哥和瘦子看向我，仿佛在邀请我先过去，我不懂他们什么意思，也纹丝不动。

瘦子忍不住开腔："去搬啊。"

"啊？"

"你不是要我们赔电视么，喏。"

"……啊？"

"阿杰，你帮他。"飞哥不耐烦道。

阿杰走过去抱起沉重的电视，一步一晃向我走来，把电视朝我身上靠来，我只好接住电视另一头。

"我不要这台。"

"什么？"阿杰很意外。

"大哥，我的电视五千块。4K 超高清、LED 液晶、十核顶配，还有 Wi-Fi 连接入网……"

我一边说一边把电视重心往阿杰身上挤，企图让他接过去。阿杰立刻又把重心推过来。最后电视依然牢牢架在我们之间。

"能看节目不就行了吗？"

"这怎么能一样呢。"

"你不要也没有别的啦。"

"我就不要。"

"我说，你那电视和这个看到的东西难道有区别？"

"区别大了，先说厚度吧……"

我和阿杰还在扯皮，浑然没察觉剑玉声停了，几秒钟后，鸡仔匆匆走进来，朝飞哥使了个情况不妙的眼神。

"啰唆什么，赶紧把你想要的电视拿走。"飞哥压低声音说。

这时我们都听到了门口传来的那一家三口的说话声。我和阿杰几乎是同时撒了手，电视掉在地上发出“嗡”的一声巨响，屏幕出现一道裂痕。

时间凝固了三秒。

飞哥掏出笔匆匆在电视上画了个笑脸，然后打开卧室窗户跳了出去。接着是阿杰和鸡仔。

就在开门声传来的一刹那，我跟在他们后面从卧室窗户跳了下去。

还好是二楼。

我们重新回到了那条我们撞见的街区，橱窗里的电视第三次播放着那集《我把妈妈变小了》。我以为我们跑了很久，看表发现才十分钟。

飞哥掏出一支烟给我，我犹豫了一下还是接住了，夹在手中等着火。飞哥和阿杰朝前走去，鸡仔玩着剑玉看了我一眼。

“别等了，是糖。”

6

一开始，我以为每到一户房子里砸掉那户所有的电视机后顺便交换一本书，是飞哥为自己特意设计的个人符号。后来才得知，作为他们下手的第一户，那天飞哥纯粹是头一次干活有些紧张，才拿错了书，把自己打发时间的小说留在了我那儿。后来他想到这倒是个不错的主意，为他们这个“谋杀电视机小组”赋予了某种形式化的特征，还增添了一种浪漫的神秘主义色彩。我失踪的那本《中国北方喀斯特水源地勘探方法研究》，被永远地留在了那户因我失手而毁坏了电视机的屋子。飞哥带走了一本《高中物理疑难参考（上）》，那上面很干净，和我印象中手办四处乱飞的卧室在主人的人设逻辑上倒是相当符合。

那天晚上的事情远未结束。

我跟着他们去了第二个地方，给自己的理由是，没有要回理应的赔偿，怎么能就这么轻易放过他们。

他们大概也意识到没法用一台廉价货打发掉我，于是准备当晚再干一次。

“你为啥不直接报警？”

坐在鸡仔的电动车后座上时，他这么问我。

我愣了半天，点了点头。

“是个好建议。”

飞哥载着阿杰骑着一辆外形霸道的摩托车离我们至少二十米开外，我帮鸡仔拿着我的剑玉，生怕一个转弯就落下了，不时催促他快点。

“放心，丢不了。”

“下次把电充满再出来作案好吗？！”

“已经充满了。”

“那你能换个他们那种的车吗？”

“也得有钱啊。”

“你们这行……还赚不到钱？”

鸡仔握着加速转柄的手突然松开了，这辆弱小的电动车立刻慢了下来。

“我们只砸电视，不拿人东西。”他义正词严。

我看了一眼手中的剑玉，又看了一眼前面越来越小的摩托车，朝侧视镜竖了竖大拇指。

“有原则。”

我原本以为我们会停在什么高档住宅区门口，眼前却是一片鳞次栉比的开放式建筑群，不用借着月色都知道这块儿的违章搭建跟我家厨房窝藏的蟑螂卵一样多。

我们由外向里，路过了一户户低矮楼层建筑，我越来越着急，开始的那些还有几户装着防盗门，越往里头走，就越是红砖瓦房木门栅栏。飞哥停在了一个独门独户的平房门口，看上去像是车棚之类的地方改建，门口是水泥砌成的水池。

“好像还是刚刚那几户比较好啊。”我真心诚意向飞哥建议。

“夜宵……”

飞哥没搭理我，直接喊起来。

没有任何动静。鸡仔展露了他一手绝活儿，一分钟不到我们已经走了进去。这个不足一百平方米的地方被隔断成了九个房间。我感觉自己像爱丽丝掉进了兔子洞，处在一所有着无限回廊和无限房间的屋子中间，每道门的后面都藏着一个秘密。

我几乎是带着参观的心情推开了每道门。实际上它们也称不上是一道道门，更像是半开放式的门栏。每个房间虽然只有十平方米左右，却都五脏俱全，床、书桌、衣柜……不一样的风格让人确定每个空间都隶属唯一的一个对象。

更重要的是，每个房间都有一台电视。

这些电视大小、型号、新旧都不一样，看上去有些是房屋中介提供，有些是他们自己置办，还有一些则来路不明。有那种极其简陋却拥有一台至少是 40 英寸大小的壁挂式液晶电视的房间。还有的房间的布置，让你很难想象这是一处廉租房，仔细打磨的实木书桌与其他廉价木材板制成的桌子形成鲜明对比，铜质台灯、钢笔和印着T大名字的稿纸整齐放在桌上，唯有角落塞着一台落着灰尘的二手电视。还有那种龌龊得令人发指、地上堆满购物袋、看不出主人性别的房间，电视被当作了床头柜。

通过每个房间，你能管窥它们的主人大概是个什么样的人，在同样窘迫的经济状况下选择将钱投资在什么地方，舒适的生活空间、外表的修饰还是精神建设，或者什么地方都不花。

我突然想起来，这片地方我认识，只是这晚经由一个陌生的到达方式而来一时没认出。这里是T大学附近著名的聚居区，混居着恋爱要谈的在校生、勤奋学习的考学生、毕业没找到工作的失败者、做学生生意的小贩、无家可归的流浪者……他们聚集在这片笼寨式建筑群的理由只有一个：便宜。虽然治安极差，却也提供某种无形的自由，在这里不会有任何人关心你的死活，大家只为自己的目的而奔走。这就是为什么此时此刻所有的房间都空无一人，现在是假期。

“只能搬走一台。”从最后一个房间退出，飞哥盯着我说。

我指着那个有40英寸电视的房间，飞哥点点头，他们走入其他房间，开始干活儿。

我在剑玉敲击的有节奏的声音和毫无章法的巨响中有些恍惚，再次想到鸡仔的那个问题。

“你为啥不报警？”

我看着鸡仔拿着榔头从一个房间走出，进入另一个房间。

突然，我发现事情有些不对劲。

如果他也拿着榔头在砸电视，那么，是谁在敲剑玉？

7

那是一个戴眼镜穿着套头衫的十岁左右的男孩，长着一颗硕大无比的脑袋，我们相互对视了数秒，几乎是同时问出：

“你是谁？”

“你是谁？”

“我爸是老吕。”

“老吕？”

“你是新搬过来的吧，连我爸都不认识？”

我的脑海里转过几个念头，第一，这孩子还以为我是这里的住客，也就是没发现我们是一伙强盗，看来刚刚鸡仔开锁的手艺确实出色，连里面的人都以为我们是正大光明用钥匙开门进来的。第二，他会这么以为，也就是说……他也不是这屋子的主人。

我又花了点时间纠正想法上的措辞，他们是一伙强盗，我是跟在后面要求赔偿的受害者。

既然这样的话——

“是啊，所以你爸是……”

男孩正准备回答，这时里面一个房间传来一声巨响。

“你们在干吗啊？我都被吵醒了。”

“……装修。”

“哦。”

毕竟是小孩，还是可以随便搪塞过去的。男孩开始放松下来，把目光集中在了手中的剑玉上。看得出来他对这个相当有天赋。

“你还没说你爸是谁呢。”

“下个月他来叫你们缴费你就认识了。”

“什么费？”

“物业啊。”

“……这里还有物业？”

“当然。”

“都管些什么？”

“什么都管。”

"什么都管？"

"你被骂了，被打了，被抢了，被偷了……都可以来找我爸。"

我一时无语。

"反过来也一样。"

"啥意思？"

"这都不明白？你打了别人，别人来找你，你也可以来找我爸。"

什么物业，这是黑社会吧。我忍住没把这句话说出口。

"那保洁维修什么的找谁？"

"你自己没手啊？"

我发现男孩胳膊下还夹着一本杂志，便问他那是什么。他停下手中的剑玉，走过来把杂志递给我，那是一本色情杂志。

"这个服务我爸不提供。"他认真道。

男孩把玩腻的剑玉扔到一边，走到角落的简陋沙发边，摸索出一个遥控器，打开电视。沙发上还有一条看不出啥颜色的毯子，刚刚男孩就是在这里打盹。

我这才发现原来这屋子的客厅原本就也有一台电视，不新不旧，大约是六七年前的款式。但显然这房子的住客不会看它，除了眼前这个男孩。

男孩拿着遥控器在频道之间飞速跳跃，偶尔在电视剧和电影那里停留几秒，又迅速切换到下一个，动画片被他直接略过。

又是一声巨响。

“以后别在我睡觉的时候装修了。”

男孩的口气自然平淡，好像他才是这个房子的主人，而不是我。当然了，本来就不是我。他终于停止了检索，开始心不在焉地看一个真人秀节目，是重播的最新一期《我把妈妈变小了》。

“啧，这都不会。”

他不时对电视上那些任务中的小孩犯下的错误发出哀叹，似乎如果他在现场会做到完美无缺。这样一个画面让我越来越产生一种错觉，我和他都是这个屋子的主人，已经共同生活了很久。

“你爱看这个？”

“不爱。”

“你爱看什么？”

“我爱看的我看不了。”

“哦——”我故意拖长了音调。

“《十二生肖守护神》，早就停播了。”不知道他是不是听出我语调里的揶揄之意才这么说。

又是一声巨响，将我从这个温馨的聊天氛围中唤回。

“他是谁？”

飞哥站在客厅里，显然已经搞定了他的所有工作。

“他是……老吕的儿子。”

“老吕是谁？”

我一时不知道该怎么回答，这时阿杰拿着那房间里的9英寸袖珍电视走出来，一边嘟囔着这玩意儿太坚固，怎么都摔不坏，他抬眼看到男孩也是一愣。

“他是……”

“老吕的儿子。”飞哥替我回答了。

男孩看着阿杰和飞哥，十分疑惑：“你的装修工人……”

我赶紧指着飞哥：“电工。”又指着阿杰：“木工。”

男孩点点头把话补全：“……好酷啊。”他的视线被飞哥胳膊上露出的文身牢牢吸引。

飞哥虽然不清楚到底怎么回事，但敏锐地意识到这时最好是配合我。男孩注意到飞哥屁股口袋插着的那本《高中物理疑难参考（上）》，再次奇怪道：“你还看高中物理？”

飞哥支吾不语，我赶紧说：“啧，他要是看大学物理就不是电工，是天文学家了。”

阿杰还是被眼前这个场景搞得有些蒙，问飞哥："他是怎么进来的？"

男孩听到，不禁得意一笑，从屁股上卸下一串开锁工具，向我们晃晃。我基本算明白了，这孩子才是这个地方的山大王，把每家每户都当自己家随便出入。

"我怎么好像听到有小孩说话的……"

鸡仔一边说话一边从房间走出，话还没说完就被眼前的画面吞掉最后两个字。男孩看着穿蓝色背带裤头戴红色贝雷帽的鸡仔，抢在我前面说：

"我知道我知道，水管工，对吧？"

鸡仔看到男孩手里那一串开锁工具，不禁"咦"了一声，然后看了看自己裤腰上挂着的同样的东西。我大惊失色，但为时已晚，男孩顺着他的目光看到那串开锁工具，得意的笑容凝固了。

"你们……不是装修的？"

8

很难描述清楚当时我们每个人的行动顺序是怎样的，如果可以有慢镜头回放，我想我一定是所有人中最理智的。

是我第一个反应过来，抄起旁边的椅子扔过去砸碎窗户，然后冲过去准备一个飞身跃出去。当鸡仔在混乱的行动中大喊“你电视不要啦”时，也没有丝毫分心。阿杰将一个什么东西从背后甩过来时，我反应灵敏地迅速避开，依然朝着窗户飞奔，听到背后传来那玩意儿撞击在墙上发出的嘎嘣脆响。大约过了二十秒，我成功地站在了屋外。如果不是卡在窗户那里费了些时间，大概只需要两秒。

然后飞哥、鸡仔和阿杰推门走出来。我看着他们，他们也看着我。飞哥举起右手阻止鸡仔发表观点。他手上的书已经换成了男孩那本色情杂志。

身后的大门传来“砰砰砰”捶门的声音：“放我出去！”阿杰觉得用铁条卡住大门还不保险，准备把窗户也封死，飞哥拦住他：“算了吧，也算是同行。”

我在一旁心急如焚，想着那位“老吕”不知何时会按照既定路线捉拿他这个小祖宗，结果就在我们准备上车时，飞哥手一滑，钥匙顺着镂空的窨井盖掉了下去。

远处传来狗叫。

阿杰走过去看了一眼，对飞哥摇头。

“你们俩先走。”飞哥对我和鸡仔说。

“这怎么行？”

“你不走我走。”

开着鸡仔那辆车飞速前进时，我才发现不是这车有问题，而是鸡仔的体重有问题。

五分钟后我还是回来了。

“铁丝有吗？”我问他们。

钥匙掉在内侧一块凸起的石头壁上，把它按照掉进去的路线原样吊回时，我头一次用“抓娃娃”这个技能赢得了男性的景仰。三个。

在狗叫声几乎就在转角时，我们再次跨上那两辆车，逃离这片兔子洞。

在一栋烂尾楼的天台上俯视整个城市的时候，飞哥再次掏出一支烟给我，我咬下去才发现这次真的是烟。我们谁都没有说话，没有一个人说话。飞哥把抽完的烟头踩灭，然后拍了拍我的肩膀。

“欢迎加入我们，谋杀电视机小组。”

我一口烟差点儿咽下去：“加入什么？”

“你听到了。”

我愣了半天，然后努力挤出一个笑容：“这中间肯定有什么误会……”

“怎么会有误会呢？无论是临场反应、表演技巧还是……你那个出神入化的捡钥匙本事，我们是有目共睹。”鸡仔和阿杰连连点头。

“这，话是没错……”

“最重要的一点是，你跟我们一样，都讨厌电视。”

“讨厌电视？”我恍然大悟，“你们看，这就是那个误会了。”我把烟头踩灭，“我不讨厌电视。我怎么会讨厌电视呢？……我要是讨厌电视还这么缠着你们干啥？”

他们三人哈哈大笑。

“我早就应该看出来，你一直跟着我们，根本就不是为了要我们赔你电视，是为了加入我们。”

“不不不，我就是要你们赔我电视。”

“那你为啥每次都要把我们给你的电视砸掉？”

“而且手法独特，具有艺术家的气质。”鸡仔补充道。

“每次？第一次就算意外好了，第二次我压根儿来不及拿走啊。”

“我扔给你了，明明是你自己不接啊。”阿杰说。

我这才明白在刚刚的逃窜中，自己躲避掉的原来是那个 9 英寸袖珍电视。

“唔，这么看来，当时我们在你家，其实也是你有意的对不对？”鸡仔很为他这个推理兴奋。

“这完全是误会，我要知道那是电视我……我他妈也得躲啊！有你这么往人后脑勺扔东西的么？！”

阿杰摸出一根烟给我续上：“别生气，别生气。”

我稍微平静下来，至少他们不是坏人。不是完全的坏人。

“那你为啥不报警？”飞哥静静地看着我。

“我……”

这问题再次把我问住，手中夹着的烟一时没有动作，鸡仔以为我在等火，便提醒道：“是糖。”

再也无法忍受。

我掏出钱包，一张一张拿出里面的东西。

“看，这是信用卡。对面最高那栋楼看到没有？那个银行的。白金卡。你知道每个月要刷掉多少钱，刷多少个月他们才会给你发一张白金卡吗？”

鸡仔和阿杰摇摇头，飞哥毫无反应。

我抽出另一张卡。

“这个，往左边看，那片湖中间那个餐厅看到了吗？这是他们家的会员卡。他们的老板很变态，只有连续三年在他们家过生日才能成为他们的会员。连续三年，这三年来每次的 4 月 8 号我都在吃同一个东北师傅做的地中海沙拉。”

“这个……”我又摸出一张金光闪闪的卡。

“哇——”鸡仔和阿杰同时惊叹。

鸡仔已经开始眺望：“这次是哪个建筑？哪个哪个？”

“这是我家楼下奶茶店的积分卡，不好意思……”我把卡全部塞回去，然后展示钱包里放着的照片。

“这是我和女朋友第一次约会拍的照片。当时我们刚看完最新一部《虎胆龙威》，她对我说你手心出了好多汗啊，我说是啊要么我们让那个卖票的帮你拍吧，她说不要他看上去那么丑拍出来的照片一定也很丑……”

“你到底想说啥？”

“你们还不明白？”

他们摇头。

“我，你们，我们完完全全是两类人。”

飞哥又点了一根烟：“哦？你觉得我们是什么人？”

“憎恶社会，厌恶现代文明，现实生活中的失败者，除了力气一无所有，企图凭借这种幼稚的行动发泄你们那不值一哂的情绪，秀存在感，无知，无畏，无所顾虑。讨厌电视？哈哈……”

“那么你呢？你又是什么人？”

“我？”我一下子张口结舌，想起自己还举着钱包，“我至少是个有女朋友的人！”

“我也有啊。”鸡仔急道，飞哥和阿杰同时“嗯”了一声，然后投去怀疑的目光。

“我有身份证。”

“我们也有。”

“这件衣服，看到没，YSL！”

“假的。”阿杰终于插上了嘴。

“我还上过大学！”

飞哥咳嗽一声：“那个……”

“哇！飞哥你不会吧？”

“飞哥，想不到耶，你还是个高才生哪！”

“总之，我是一个正常健康无害的守法公民。你们呢？流氓，混混，反社会分子！”

他们终于沉默了。飞哥看着与这栋建筑遥遥相望的那片住宅区，一个设计得颇为用心的商住两用楼耸立其间，整面的落地玻璃让人能够清清楚楚看见里面的人在做什么。每一片玻璃墙仿佛都是一个电视窗口，上演着一个故事。

“你看他们，多么倒霉，他们只会跟电视说话，不会跟女朋友或妈妈说话。”飞哥自言自语，然后转身，扔掉烟头，“好吧，确实是我搞错了。”

他们三人消失在楼梯口，只剩我一个人。我朝那栋大楼呆呆地看了一会儿，然后发现，天亮了。

9

我请了三天假，在家睡了三天三夜，这期间除了给女朋友发几个短信外，没有跟任何人联系。我把墙上那张地图揭了下来，重新贴上了工作资料，还写了一份未来计划。在半睡半醒间，看了十几部电影。其中一部讲音乐家的片子对我有很大的启发。我觉得自己过去实在太懒惰太散漫，对人生毫无计划，所以才会碰上这些莫名其妙的事情。如果我是一个工作上进、努力赚钱、心里只挂念着女朋友的优秀男人，又怎么会大半夜跟着一伙反社会分子满城市乱跑？我很珍惜我的女朋友，我的年纪也不小了，应该考虑考虑结婚啦、家庭啦、生儿育女啦这些严肃的事情了。它们都需要我改变自己。

我开始吃早餐，早餐吃两个蛋、两片面包、一块培根、少许花椰菜，还有一杯牛奶。再也不吃没有卫生许可证的小馆子里的油炸食品，在超市挑选那些印着有机标志的食品购买，快速穿过速食冷冻区。尽量在十一点前睡觉，睡觉不看漫画而改看一些通俗文学作品，甚至是契诃夫什么的。坐地铁时认真排队，努力压制不耐烦的情绪。买完东西，跟每一个杂货店的店员说谢谢你。不是说谢谢，是说谢谢你。

我努力证明自己是个文明人。不，不需要证明，我本来就是。

直到女朋友要求我再买一台电视安置在我的房子里。“为什么不呢？你不能因为损失了一台就永远不看电视吧？有天你吃苹果吃出了一条虫，你就永远不吃苹果了？早晚要买的。而且，上回我爸说，咱们这么住实在浪费，还不如搬到一块儿……”

“既然要搬到一块儿，那更没必要买了啊，你不是有一台么？”

“我那台不好，都是几年前的了，要看啥没啥，也就电视节目可以看看。你之前买的那台就很好嘛，能联网，什么片子都能看。”

“……你当时不还说不好吗？”

“人的看法总会变的呀。当时我喜欢由着电视给我安排内容的感觉，现在我喜欢自己掌握自己的生活，不可以么？”

她一边漫不经心换着台，一边对我做说服工作。我突然想到那天飞哥说的：“他们只会跟电视说话。”

他们只会跟电视说话。

“饿了。”女朋友扭头看着我，见我没有反应，只好进一步要求，“宝贝，你去帮我买个冰淇淋吧。”

“哦。”

我站起身，穿上外套，拿上包，走出门去。我其实只需要拿上钱包，但我今晚不打算回来了。

“再加两袋薯片一盒酸奶哦！草莓味的！”

回到家里，我重新把那张地图找出来挂上，在上面圈上那晚我们去的两个地方。然后开始吃路过麦当劳买的汉堡和薯条。我觉得很饿，以至于吃完后又立刻去买了第二份套餐。

第二天一早，我再次去到那个和飞哥他们分别的天台，用颜料在地上写了三个字。

我加入。

10

我们一般这样确定造访的地址：在百货商场卖电视机的柜台佯装感兴趣的顾客，索取遥控器随意换台，直到任意一个路名在屏幕下方的滚动条里随着某条新闻或广告出现，抬头瞄一眼这是哪个频道，我们就有了一个路名和一个号码。打开手机地图，我们就能检测到这个号码是不是合适，如果不合适——这是常常发生的，毕竟大部分门牌号都被商店占据，而商店里的电视并无被砸的价值——我们只好等待节目里出现一个数字；如果一个号码不够，我们还需要楼号和室号，就再等待下一个合适的数字。于是每次选择目标总能耗去我们几十分钟的时间，这提供了足够的庄重，来让我们觉得被选中的人也不算冤枉了。

我从来没有去打听这个谋杀电视机小组的过去，因为这必将涉及他们每个人的过去。他们是怎么认识的？谁先提出这样一个建议？如果被抓了又会怎样？除了行动的时候，他们平时有来往吗？他们都是做什么的？他们到底是谁？

我一概不知，也一概不问。他们对我也是如此，虽然在此之前我透露得够多了：我有一个女朋友，我还上过大学。

我们通常在工作日的白天行动，或是周末的夜晚，尽量选择那些看起来不会有人在家的时间点。如此干了几票后，我逐渐体会到在举起锤子砸向那些电视机的时候，所产生的一种奇异的快感。

也许我天生就是个破坏分子，这不是没有可能。这个念头一旦产生，我就开始无法控制地检验起自己的过去，寻找为这个论点提供更多证据的细节。七岁，我偷偷把表弟的玩具飞车弄坏，因为那玩意儿实在太吵。十三岁，我在同桌辛苦搭建多米诺骨牌的重要关头推倒了第一块牌，她为此和我绝交了一个月。十八岁，我把全班的试卷从办公室偷走烧掉，只因我没复习好不足以应对第二天的考试。二十三岁，分手前夜，我把所有避孕套都扎了洞，然后静静等待女友最后一次上门和我交欢。后来倒确实听到她奉子成婚的消息，不过那是一年后了。

再比如，我那个抓娃娃的本领，是不是也暗示着我天生就有某种邪恶的力量？我喜欢摆弄那些操纵杆的感觉，仿佛我掌握了娃娃海洋中每一个的命运，想要带走哪个就带走哪个。

除了锤子之外，我们发现了更多的破坏法门。这主要是因为我们对不同型号的电视机越来越熟悉。三星的电视最脆弱的地方是屏幕，只要敲击四角再给中间来个大满贯，保证玩完。索尼的机器抗震能力差，推到墙边猛地撞三下，肯定开不了机。飞利浦的最新系列，只要破坏掉所有按钮，就根本无法使用，我简直想给厂商打电话过去汇报这个设计漏洞。

一开始我们总是分工明确。实际上也没有什么分工，会开锁的只有鸡仔，因此他负责开门。本来是飞哥望风，我加入之后就变成了我，再后来变成抽签，因为这个事情的高潮就在于破坏电视的那一分钟，谁都不想错过。

饰演快递我们轮流进行，降低被人记住脸的概率。留下记号这件事在我的强烈反对下取消了，实在太幼稚，简直是给警察留下靶子。飞哥依旧玩着他那个换书的小把戏。

后来，飞哥建议我们相互学习，共同进步，争取每个人都能独当一面。比如，让鸡仔传授我们简单的开锁技巧。再比如，对体力的训练是必不可少的，没哪个人想有人在逃跑时掉链子，这主要针对鸡仔。临场应变、逃生技能、电视机知识……虽然我们只是破坏电视机的，也要朝着飞天大盗的方向全面发展。

墙上那张地图上的红圈越来越多，每一个红圈都代表一个陌生的房子。那些铅笔标注出来的，则是我们去过却没能破坏掉电视的地方。原因是那些房子里压根就没有电视。

虽然是随机，但选择地点的时候，我们还是尽量避开了那些位置相近的地方，免得有人将这些奇怪的电视破坏事件联想到一块儿。

11

我们先是每周作一次案子，时间不固定，总是在尽量照顾每个人时间安排的基础上商议好下一次的碰面时间。地点是那个天台，即便那里被人发现也没关系。我们没有傻到会把作案工具什么的藏在那里。再说除了手套、用于开锁和破坏的一些工具、两辆车之外，我们也没啥特别的东西要带，完全没有电影里那么酷。我们的团伙性质和我们每个人一样散漫自由。我想这可能和这事儿完全不牵涉到利益有关，我们不事生产，只搞破坏。

虽然作案的时候我们很少沟通，零星的信息还是令我差不多了解到，鸡仔家里是开杂货店的，他也就因此子承父业，但显然主要状态是游手好闲；阿杰两年前开始在洗车行做修理工，也兼做做擦洗、抛光、封釉什么的，从他的口吻来看，洗车行不会很大；飞哥是他们三个中最神秘的，我一直没搞清他做什么，只是透过外表看，他的受教育程度和经济状况显然都好过另外两个。还有就是他是我们四个中最忙的。

虽然没有直接体现出，但每次商议下一次时间时，我们需要迁就最多的人就是飞哥。他也不是说“我有事”或“我没时间”，总是说，“这日子不吉利”或直接就是“还是换个吧”。后来我们干脆就直接让他来决定时间。我和鸡仔一度猜测过他是不是有女朋友，鸡仔摆摆手表示绝对不可能。

“为什么？”

"直觉。"

为履行君子之交的原则，我也就没有继续和他探讨下去。

尽管一直没有遇到什么意外状况，我还是不由自主地在日常生活中小心谨慎起来。这点的直接体现就是我在公司的人缘突然好了起来。

在这儿干了三年，我能叫得上名字的也就是同部门的几个同事和需要打交道的那几个。由于是传统行业和传统单位，这里并不像外企或其他行业那样，流行聚餐、唱歌或出去玩这种单纯为社交目的而组织的活动。在这里，人们行动缓慢，做事缓慢，说话也很慢。像我这样年纪的年轻人虽然不多，也不至于硕果仅存，但我还是觉得自己不是在一个规划院工作，更像是在一个老人院疗养。

我的工作其实很无聊，大部分时间都不需要和其他人打什么交道。除了为工作目的部门奖励会一块儿吃个饭，同事之间私下并无多少来往。当然，我也不想和他们有什么来往。

每天去单位的时候，我总共需要穿过五道门，坐六层电梯，我的办公室在顶层。这意味着我可能会跟很多人打照面，三年来我都没有学会如何在电梯里与一个同事共处。刚来的时候，作为新人的惶恐还会令我学着如何使用简单的开场白，维持二十秒的谈话。你看，这话题必须要在电梯到达前正好完成，不能结束得太早，也不能到了还没结束。

第二年的时候，我已经能够很熟练地掌握这个要点。电视是其中的关键。在我所处的这样一个地方，大部分人主要还是靠电视维持他们和世界的联系。前一天的电视内容，就是我在电梯里主要使用的话题来源。

到了第三年，我已经够资格只用说一句“早”，剩下的时间全在沉默。

现在，完全不一样了。我仿佛又回到了第一年的时候，那种不安全感重新回到了我的身上。我变得极为敏感，对每个人都礼貌有加，客客气气，甚至可以说是，殷勤。

我破天荒开始为同事带去零食、特产、小礼品，告诉他们这是我周末去附近的城市游玩带回的。实际上它们就来自我家附近的一家特产超市，那里能买到全国各地的特产。如果扩大规模，连全世界的都行也说不定。这个事连我刚来的时候都没做过。

他们先是惊愕，继而就心安理得地接受了这些从天而降的馈赠。但一个人的突然改变总不是什么好事情，很快就有令我哭笑不得的猜测出现，这和可能即将发生的人事变动有关。我也就停止了这种露骨的示好行为，转而内化为一种自然的善意：为进出门的人推门、发东西的时候选择那些瑕疵品、打破不自然的冷场。

我意识到这些变化来自于一种负疚感，在这栋大楼上班的人，说不定哪个的家就被我们造访过。但我很快就否定了这个分析。我恢复了在电梯里和同事用电视内容攀谈的习惯，通过蛛丝马迹猜测对方的电视是否出了什么问题，是否，就是我们干的。当事实朝着我猜测的方向一点一点挪动时，我体会到的不是一种害怕被发现的紧张感，反而是一种面对受害人的刺激感：我渴望与那些陌生房子的主人会面。

尽管从我们这个小小的单位与全市人口的比例来看，这是多么的不可能。

12

我原本以为有了这份新工作之后，我和女朋友见面的次数会开始减少，有了一个这样的新身份，谁还喜欢那些平庸无聊的日常生活呢。结果我们在一起的时间更多了，生活质量也大大提高。像所有男人那样，我也讨厌陪她逛街、吃饭或看电影。你们已经看出来了，她是一个既挑剔又任性的人。这意味着买一双鞋子或一条裙子，都要冒着跑遍全城的风险。

但现在我乐意陪她一起，不管是干什么。除了我一如既往地珍惜她之外，我发现每当从这种普通的生活中走出来，切换到反社会模式，都能获得一种新生般的感受。我需要普通生活来做这样一个背景色。那晚我买冰淇淋买不见了之后，她确实很生气，这也成了一个我事后补偿的好理由。

所以你能想象从春天百货四楼女装部的厕所出来，看到飞哥在和女朋友说话，我有多么魂飞魄散。刹那间回转无数个念头，第一反应是拉着女朋友跑。

“你怎么了，脸白成这样？”女朋友终于看到我。

“没事。你们……”

“噢，我刚钱包掉了，多亏这位先生帮我捡起来。”女朋友朝飞哥微微一笑。

飞哥什么也没说，只向我点头笑笑，转身便走。

直到目送他完全离开我的视界，我才稍微镇定了一些。

“你们刚刚在说什么？”

“没有啊，就是客气一下咯。”

“哦。”

我拉着女友朝女装部深处走去，似乎那些密布的招牌和密集的人流能给我带来一点儿安全感。

“哎，你有没有觉得那人好酷？”

“没有。”我面无表情。

“总觉得好像在哪儿见过他……”女朋友喃喃道。

我想赶紧结束这个话题，让这个小插曲从我的生活里消失，拉着女友走进她喜爱的品牌店。

“打折欸，你不看看？”我鼓励她。

“啊，好哦。”

我满意地看着女朋友立刻冲向了货架。

“伊桑·霍克。”结果在我拎着一篮子衣服裙子排队付款的时候，女朋友没头没脑地来了这么一句。

“嗯？”

“之前那个人啊，他有点像伊桑·霍克，难怪我觉得面熟。”

“伊桑·霍克是谁？”

“《爱在黎明破晓前》，你没看过？”

我摇摇头。女朋友撇了撇嘴摆了个她一贯的不屑表情。

我和飞哥再见面的时候，对此事都绝口不提。我努力说服自己，那不过是一个巧合，这城市就这么大，在同一时刻同一栋商场看到一个掉了钱包的姑娘，那姑娘的男友是自己的作案团伙的搭档，这有多么不可能呢。

这有多么不可能呢。

这事之后的一段时间内，我觉得生活中到处都有飞哥的影子。地铁、书店、超市、大街，我总是恍惚以为自己看到了飞哥，有一两次我甚至去拍了拍那家伙的肩膀。都是以“不好意思我认错人了”或“你这件衣服不错哪儿买的”结束。

所幸这个插曲对我们的工作并无影响，它反而将我对普通生活的自我暗示的依赖打回原形。并非每次破坏掉一台电视后，我都会强烈地渴望回归平静的日常生活，而是相反，每当日子照常发展一段时间，我便极度渴望套上灰色卫衣、拎着装工具的尼龙袋回到那个天台。在破坏电视这件事上，我们都获得了一种玩游戏练级般的成就感。

我们的作案频率开始稳步上升，等回过神来的时候，已经从一周一次变成了一周两三次。飞哥似乎突然不那么忙了。他体现出一种比我们更加迫切的事业扩张的愿望。有一次假期，我们甚至连续三天干活，闯了六个小区，毁掉了十五台电视。打开一扇门对我们来说就像开彩票，如果一户有两台电视，就算中了双色球，有三台，就叫福彩 3D。T 大学聚居区那样的地方，简直户户都是大乐透。但那里除非特殊时间点，我们一般不敢轻易下手。

为了更高的效率，我们也不再使用早期那种虽爽快却不免蠢笨的暴力破坏法，而是尽量找到每台电视的死穴，只要拆开破坏其中的线路或某些关键组件，便能让它彻底瘫痪。破坏后我们依样还原，电视机的主人如果不常打开，可能要很久之后才能发现。除非送检，否则他大概也绝对想不到这是人为破坏。

作为这个世界的影子，只有尽量抹消自己的存在感，我们才能尽量久地存在下去。

13

这一天当我们选到海运街 34 号 15 号楼 302 的时候算是格外顺利，前后只花了十来分钟，所以随着范围一步步缩小，我也并没留意飞哥脸上的表情有什么变化。事后想来，那也许是值得一看的。

海运街是一条老街，和我们每一个人出生的街道一样，经历了几次投胎已变得面貌相近。在抵达 30 号以后找到 34 号，要跨过共用 32 号的兰州拉面、康康足浴、思捷汽车维修、乐万家水果店和快客便利。这过程倒是没人被迷惑，毕竟斗大的小区招牌悬在那里，至于定位 15 号楼，则确实需要在门口看一眼小区平面图，我记得看的时候，是飞哥带领着我们。

假装快递摁过门铃，幸运的是没有回音。我们留在楼下望风，这次是飞哥上去开锁，他用了比平时更久的六分十二秒，之所以知道得如此精确，当然是因为我和鸡仔一如既往地打了赌。

门口摆着两双拖鞋，房间铺的实木地板看起来有年头了。吊灯倒像是新换的，灯罩干净透明，灯泡是节能的，白亮得像是随时会爆掉。茶几和一个书橱的形制是宜家款，可能来自网购，插在胡桃色的老家具中显得格格不入。电视机是颇为气派的 60 英寸松下，电视机背后的墙像是音乐厅的墙壁那样坑坑洼洼，大概屋主对音效并无太高要求，或者在自己家里也超讲公德心。总体而言，这屋子像是有个刚刚成年又还无法脱离家长羽翼的子女，努力在出生其中的家庭里留下自己的印记。

也许就是因为输了钱心里不爽，鸡仔才会去百无聊赖地玩弄陈列架上的武士刀，连戴手套的手都被割破了。戴手套其实纯粹因为这样比较像模像样，留下指纹我们倒不大害怕，毕竟我们都没留下案底，警察也不大可能对一场莫名其妙的“被砸案”兴师动众取什么指纹，哪怕房主会虚构出三五万的损失。但留下血，可能会让警察对罪案性质的评估升级。

为了应对这情况，飞哥拿来了纸巾盒、创可贴和一个装着白色粉末的盒子。

“这是啥？”我问飞哥。

“漂白粉。”

我后来猜测，是《CSI 犯罪现场调查》给了飞哥让漂白粉登场的灵感。这对才沾了几滴血的地面多少有点大材小用，但看起来飞哥擦洗得乐在其中，把电视机和鸡仔都扔给了我们。鸡仔的伤口说大不大说小不小，阿杰用完了剩下的五张创可贴也没把流血的地方完全盖住，只好又垫了一小片纸巾了事。刀锋上倒是没沾多少血，忌惮它锋锐的阿杰对怎么擦它有所犹豫，几乎下意识地去拿架子旁的一块擦刀布。

“用纸巾！”飞哥及时提醒了他。

沾了血的纸巾总共有五六张，还不足以让纸巾盒看起来明显变空。擦完地面的飞哥在洗手间把马桶水箱里的进水浮标摁低了十几秒，增加了马桶的进水量，把带血的纸巾都冲进了下水道。这样处理比带着它们出门安全多了。

“我们走吧。”飞哥发出撤退指示的时候，我已经完成了自己的任务，不用测试都知道那台松下已经没有任何用处了。

这次的过程非常顺利，顺利得让我起疑。

“等一等。”我说。

所有人都立刻停下了脚步，以为自己正要踩上什么陷阱造成麻烦，但马上发现其实并没有。

“怎么了？”飞哥问。

我紧盯着飞哥的脸，从那上面看不出任何蛛丝马迹。如果不是加上最后他转身的时候从口袋里露出一角的东西被我看见，我几乎都要以为完全是自己在胡思乱想。

“为啥你对这个房间那么熟悉呢？”

“你说什么呢？”飞哥笑着问。

“你怎么知道漂白粉和创可贴放在哪里？”

“找的呀。”

“那也未免动作太快了吧？”我自己家里的创可贴我都没办法那么快找到呢。后面这句我生生忍住了没说。

“别无聊了，快走吧。”飞哥想打哈哈糊弄过去，而鸡仔和阿杰果然也吃这套，准备转身和他一起走。

“你怎么知道水箱不加点水的话就没法把纸巾冲

下去？”

这个举动确实奇怪，连鸡仔和阿杰都看得出来，太过胸有成竹了。飞哥很细微地皱了一下眉，仍轻松地回答：“一般都是这样吧，纸巾比卫生纸轻呀，水量不大就冲不下去的。你家里不是这样吗？”

飞哥看看我，我不为所动地盯着他。他又转头看了看鸡仔，鸡仔犹豫了一下，还是摇了摇头。

我知道这仍然不是致命一击。

“你还拿了绷带在口袋里，为什么不拿给鸡仔用？”

飞哥下意识地朝右边扭了扭头，这下不用我说，鸡仔和阿杰也知道了该看哪只口袋。

“真的吗飞哥？为啥不给我用啊？”鸡仔的语气里怨怪多于疑问。

我替他回答了：“他本来是准备拿给你用的，但临时想到，这样一来自己熟门熟路这件事恐怕太明显了，所以才变卦的。”

说完这个，我就打住了，把九成九确定的推测压在喉咙里，等待着飞哥的解释。

“没错，这里是我家。”飞哥叹了口气，打开冰箱门，拿了一罐可乐给鸡仔，然后是阿杰，“确切地说是我妈家。”

14

我拒绝了递给我的可乐，欣慰地看到了阿杰也只是把它放到了一边桌上，只有鸡仔翘着受伤的手指握着易拉罐把它打开了，随后他发现了我们俩的神情，总算在可乐沾上嘴唇前停了下来。

“你家的电视挺不错呢。”我看着地上的残骸点头赞许，“比我以前的那个大多了。有没有你家的大，阿杰？”

“我家没电视。”阿杰冷冷地回答。

“是啊，飞哥，为啥你家还有电视呢？嗯，砸别人的电视跟自己家有电视倒也没啥矛盾的。”我的话里已经一点客气都不剩了，讥嘲之外还带怒气。

飞哥耸耸肩：“半年前，我已经从这里搬出去住了。”

“半年前？”我夸张地故做思考状，“也就是说，当你决定开始代表正义破坏电视机的时候，你就从有电视的家里搬了出去？”

飞哥烦躁地“啧”了一声：“你到底想说什么？不是都已经被你毁了吗？”

“要是我们今天没有意外选中你家，你是不是还打算过着周末回家看看电视、喝喝可乐的悠闲日子？”

飞哥沉默不语。

“算啦算啦，”鸡仔见气氛太僵硬，出来打圆场，“要是抽中我女朋友家，别说砸电视了，就是撬个门我都没那个胆子。飞哥，你就直接承认是个妈宝男就好了嘛。”鸡仔笑嘻嘻看着我和阿杰，“啊？你们说是吧？”

阿杰大概也觉得，飞哥没有第一个毁掉自己家的电视，虽然不那么真诚，但也属于人之常情，再说整个过程他都没有任何阻拦，实在不值得为此翻脸，便放松下来，又拿起了可乐。

只有我，还在等着飞哥的一个解释。

鸡仔已经开始重新打量这个房子，现在它有了完全不同的意义。鸡仔开始好奇地研究陈列架上的东西，他拿起一个相框，上面是一对母子的照片。

“哇，飞哥你都没怎么变哎。”

飞哥这时才像触电般醒过来，匆匆走过去从鸡仔手上把照片拿走，放回原先的地方。

“别乱动，我妈很敏感的。”

“啧啧，还不承认是妈宝……”

“少放屁。”

“阿杰，你别那样喝可乐啦，水都滴到地板上了，小心被某人骂哦！”

把门“砰”地带上的时候，我听到鸡仔的声音从里

面传出 :“那家伙来大姨妈了吗，又不是什么大事……”

自那以后，我很久都没有回到那个天台去。没约好下次的日期，我也不知道该什么时候回去。虽然我心里很清楚，按照我们目前的频率，随便哪一天去都很有可能撞上他们。

我不是没有反省过自己的反应是不是有些过度，毕竟我们没立下什么投名状，规定要练此功，必先自宫。虽然我的电视是被他们砸了，但也非我自觉自愿。以这样一个天外飞来的制高点去批判飞哥的虚伪，实在站不住脚。或许是我对飞哥的期望太高了，他在我心里成了一个符号。破坏电视不是意义，他这个破坏电视的人才是意义。

我拼命压制这个过于可笑的想法。

15

是飞哥找到了我。

打开门见是他，我的本能反应是关上门。他重新敲门 :“你再不开我就叫了哦。”我坚决不开。他“咚咚咚”捶得越来越大声。我听到对门邻居开门的声音。“这家伙欠我钱。”

老太太义不容辞地出来帮飞哥一起劝我："小伙子，你还是把门开开吧，快过年了，谁都不容易。"

我只好飞快地开了门，又飞快地把门关上。

"你竟然还记得？"

"第一次嘛，这么有意义，当然记得。"

"随便坐吧。"我走去冰箱找还有什么喝的。

飞哥为难地打量四周："我想随便也随便不了啊。"

"是，哪有你家宽敞。"我递过去一罐可乐，飞哥接过来。我将被衣服、包、文件堆满的沙发理出一小块位置。

"不坐了，说几句话就走。"飞哥把可乐放在茶几上，"关于上次那件事……"

我摆摆手："不用说了。"

"你不在的这段时间，我们也没开工。"

"哦。"

我没有要继续接话的意思，一时有些冷场。

"咦，这个我小时候也有。"飞哥拿起书柜上一个飞马玩具，那是我的娃娃战利品里少数不那么女性化的，我可以用来装点一下简陋的出租屋。

"你也是抓来的？"

"不，我那个是别人送的。"

“哦……”

话题又无法继续了。

“我一直没有讲过我为什么讨厌电视。”飞哥在那一小块沙发上坐下，打开可乐。

我挑了挑眉毛：“我能猜到。”

“哦？”

我当然能猜到。讨厌电视？这实在是一个过于形而上学的心情。这就是为什么如果鸡仔或阿杰家里还有电视，我完全可以接受。事实上，我怀疑鸡仔没有电视压根就活不下去，我都能想象他含着薯片睡着在电视机前的样子。每次和我们干完一票后，回到家里，和他那体重相似的父母围坐在电视机前吃饭，对鸡仔来说肯定用不着做什么心理建设……

“你该不会想到什么反对现代文明啊、复兴传统生活啊，甚至什么哲学啦、知识分子啦之类的吧？”

我愣了一秒钟，赶紧摇摇头。

“那就好。”

“所以……”

“我妈是个虐待狂。”

“啊？”我无论如何也猜不到飞哥会冒出来这句。

“从小她就经常揍我，因为各种各样的小事。”

“其实……我小时候也经常挨打。”

“你知道用牙签戳哪根手指最疼吗？”

我摇头。

“一般小孩都知道爸爸的皮带抽人很疼，其实女人的丝巾浸湿了抽人更疼，而且留下的印子消失得快，第二天就能上学。”

我情不自禁在地上找了块垫子坐下来。

“你有没有穿新鞋子把脚后跟磨破的经历？”

飞哥没等我做出反应就接着说：

“有时候，我妈懒得揍我了，就拿张磨砂纸来，把我的脚后跟磨破，这样，我只要穿鞋出门，就必须忍受疼痛。当然了，我也不傻，一出门就找个树叶裹上。哦对了，不是什么树叶都行，银杏叶子太薄，海棠树的又太厚，最好是薄荷叶，本身就能消肿止疼。”

飞哥已经沉浸在回忆中自顾自地说，我像是个听故事的客人。他的表情不像在说什么可怕的事，倒像在说一个童话。

“理由当然有很多。但最常用的就是电视。”

飞哥转过头来看着我。

“我小时候很爱看电视。”

我点点头，谁小时候不爱呢。

“无论什么节目，只要有画面在那上面，我就会一动不动地盯着看。如果没人管我，我能从醒来看到电视出现那个黑白球形画面。你小时候爱看什么？”

“动画片，还有一些少儿节目吧。”

“我最爱看《我把妈妈变小了》，”飞哥顿了顿，“我每天都幻想，如果有天我真的能把妈妈变小该多好。”

“……你刚说你妈揍你的原因最多是因为电视？”

“嗯，因为她比我更爱看电视。”

“所以她看的时候你就不能看？”

“如果我试图切换频道，就会死得很难看。”

“你们不能一起看？”

“她不允许。”

“那趁她不在家的时候呢？”

“她很少不在家。”

“总会有不在家的时候吧，比如上班？”

“她是个残疾人。”

我猛然想起那天在他家看到的照片，那上面的女人确实是坐着的。

“我三岁的时候，我们一家三口经历了一场车祸，她后来就没法站起来了。”

“你爸呢？”尽管心里隐隐觉得不该问，还是问了。

“没死，我和我爸都没死，不过他很快找了个新女人，丢下我走了。”

我“哦”了一声，试图拼出这样一个家庭悲剧的完整拼图出来。心理创伤，由爱生恨，虐待成性，终生只能坐在电视前打发时间。

“她心情好的时候，我们会一起看电视，她甚至还陪我看过几集《小飞象》。不过，这也是她以为自己还能再次站起来的时候发生的事了。”

我沉默了，他也沉默了。墙上的钟“嘀嗒”转了半圈。

“这就是你为什么讨厌电视。”

“这就是我为什么憎恨电视。”

“那个地址不是随机选出来的。”

飞哥点点头。

“你是故意把我们带到你家的。”

飞哥苦笑了一下：“幸好你们对选地址这事儿早就没兴趣了。”

“你等了多久才等到这一天？”

“那天是她每年去医院复健确诊的日子。虽然十年前就被告知不可能……也就这件事，能让她每年出一次门。”飞哥喝了口可乐，“你说她是怎么有勇气每年让自已这么绝望一次的？”

希望。我在心里默默吐出这两个字，然后原谅了他。

16

房门第二次敲响的时候我以为飞哥忘了东西，打开门才发现是警察。

完了。

飞哥被跟踪了，现在已经在警车上了。

想到这一点的时候，我一点儿没有恐慌，反而十分平静，差点儿要伸出双手等着被拷上。

谁知警察开口却是：“你半年前报过案？”

我愣了一下，“是啊。”怎么都想不起来这个警察跟报案那次是不是同一个。

“记录上说你当时有一台 42 英寸的电视被砸了。”

“嗯。”

“还有一个……剑玉失窃了。”

“是。”

“那个是啥？”

“一种玩具。”

“哦，价值二十三块？”

“是……我想问一下，您来找我是？”

“这个案子有了突破性进展。”

“哦？”

“最近发生的几起连续电视破坏案显示，这是一个团伙作案，你的电视很可能也是他们破坏的。”警察拿着记录本，上面是其他案件的信息。

“哦——”我尽量表现得像个受害人，“那……他们为什么要破坏电视？”

“闲的。”

“原来如此。”我是真的发自内心佩服警官的这个答案，“你们怎么知道是一个团伙作的案？”

“你当我们吃干饭的吗？”他看我的眼神不像我是一个白痴，而像我看他是一个白痴，“一伙盗窃惯犯，他们盗窃的方法就是他们留下的指纹。”警察说出了推理小说一般的句子。

我的嘴巴张成了一个“O”形。

“不过像这种每次作案都要耍酷留下记号的，就真的是自己找死了。”

原来连飞哥那套小把戏都被发现了，我的心一点点下沉。

“那……我电视的损失啥时候可以得到补偿？”

“快了快了，他们被抓住也就是三五天的事。”

我心里如击大鼓。

“你们已经有线索了？”

“不然来找你干吗？”

“嗯？”

“你当时不是看到他们了嘛。”警察不耐烦地说。

“对……不过房间没开灯，我也没太看清楚啊。”

“一个是瘦高个，一个是左撇子，一个很胖……”

“不不不，完全不对。”

“什么？”

“一个是很瘦的矮子，大概这么高。”我用手比了下自己胸前，觉得略夸张，又提高到肩膀，“一个是右撇子，那个很胖的没有很胖，大概也就比你瘦一点。”我看着警察空荡荡的裤腿，“呃，你有多重？”

“你确定？刚刚你不还说没太看清吗？”

“一开始没看清，后来，月亮，爬上来了。”我目光坚定清澈地看着对方。

“哦。还有一个……”

“还有一个？”我心跳又开始加速。

“还有一个身高 175 厘米左右，体重不超过 80 千克，左腿比右腿长一点。”

“……左腿比右腿长你都知道，那无名指和食指哪个长你知不知道？”

“根据脚印判断，他站着的时候严重右倾啊。”

我不动声色地站直了。

“这肯定搞错了，我就看到三个人啊。”

“后来才加入的呗。”警察停下记录的手，“好了，你说的我都记下来了，你就等着好消息吧。对了，你要是还能想起什么就给我电话。”说完递给我一张纸条。

把门关上前，我突然想起一个细节，便叫住他。

“你刚刚说他们是盗窃惯犯？”

“嗯，怎么了？”

“他们还盗窃了？”

“是啊。”

17

“我真服了你。”

我把事情原原本本复述给他们三个听的时候，阿杰忍不住喊。

“怎么了？”

“干了半年活了，你都不知道我他妈就是右撇子么！”

阿杰右手拿着奶茶杯在桌上掼得直响。

“……对不起，我当时太紧张了。”

“警察就他妈犯了一个错，还被你给纠正过来了。”

“阿杰，别生气了，他也是好心嘛。起码我和飞哥现在安全了……”鸡仔夹了一块叉烧，犹豫了一下，还是放在了阿杰碗里。

“安全个屁！他说的那话别说警察了，我都不信。你已经上了证人黑名单了，我估计你现在在人家眼里不是弱智就是……就是跟嫌犯有关系！”

我低头不语。工作日中午，这是我们头一次在天台之外的地方碰头，市中心商业区的一家茶餐厅，人满为患，没人在意旁边坐的是一伙大盗还是一伙人生赢家。

“比起这个……”飞哥终于开口了，“盗窃是怎么回事？”

“栽赃陷害！”鸡仔一边往嘴里塞肠粉一边说，“绝对的栽赃陷害，不往我们身上多安点儿罪名，怎么立大功？”

“嗯……说不定是内部腐败，借我们洗他们自己的黑钱。”阿杰沉思道。

“还有一种可能，受害者撒了谎，想多讹点儿赔偿。”鸡仔补充道。

我吃惊地看着他们。

“干吗？你平时不看警匪片啊？”鸡仔说。

“我还是觉得有点不对，”飞哥皱眉，“我们的手脚已经很轻了，他们怎么在现在这会儿发现这些坏掉的电视之间有联系？”

“还不是你摆酷留下的记号。”我终于忍不住怪道。

飞哥摇头：“不会啊，一般人根本就发现不了自己家多了本书或少了本书。即便发现了，也能找出无数个理由说服自己。”

这点我倒也赞同，一开始飞哥留下的那本书，我虽注意到了，却压根儿没当一回事。

“总之这段时间我们先各自避避风头。”

我们各自掏出钱包来结账。

“下一次什么时候碰头？”

飞哥沉吟片刻：“我会单独和你们联络。”

原来飞哥和他们也有单独的联络方法。我想起了那些从未过问的问题，他们在各自的生活里有交集吗？在这个谋杀电视机小组成立前认识吗？然后我又一次想起了那次飞哥误入我的生活，是故意的吗？

这之后不久的一天，我回家发现从门缝里塞了张纸条，上面只写了一句话：

“是鸡仔偷的，小组解散。”

18

警察没有再来找过我，飞哥也没有。

我对这样一个戛然而止的结尾相当不满。

尽管鸡仔在每次作案的时候，都会对屋子表现出异乎寻常的兴趣，但我从来也没想过他会偷偷摸摸拿点别的东西走。我的剑玉、飞哥家的刀剑……我潜意识把这些迹象归结为顽童心性，怎么算偷呢？

但我明白我这种为他辩护的心理完全不成立，事实上，他应该是我们中最可能叛逃的，对他来说，砸电视和砸电脑大概压根就没有区别，参加破坏小组不过是一个游戏……他不像我们，对破坏电视机有一种更接近信仰的确认。

我们……

我什么时候把自己讨厌电视这件事看得这么严重了？飞哥有他的理由，我的呢？

“喂，你不看《两小无猜》啦？”女朋友打断了我的思绪。

“宝贝，我有点困了。”我抛下女友走进卧室。小组解散之后，我几乎就没再陪女朋友看过电视。

这感觉有点像失恋，不，更强烈，应该是曾经征服过的战场，再次被敌人占领。我忽然想到被我们砸了电视的飞哥的妈妈，那个心理变态的女人，现在她的面前会不会已经多了一台新电视？比之前那台 60 英寸的松下更大，更清晰，更令她无法移步？

现在他们都在做什么呢？我躺在床上怎么也睡不着。

卧室门开了，女友面无表情地站在门口："不行，我就要你陪我看。"

我没有发出声音，假装已经睡着了。

灯被打开了："别装了，呼噜声都没有。"

我只好翻身坐起："宝贝，我真的很累。"

"你已经很久没有陪我看电视了，你没发现吗？"女朋友声音委屈。

"可我真的不爱看电视啊。你让我陪你干别的都行。"

"那好啊，走走走，我们现在就去连卡佛。"

"别闹了宝贝。"

"真的呀。"

两小时后我躺在了自己的家的床上，依然无法入睡，不是因为刚刚又和女朋友吵了一架，而是绵延数日的失望之情。

难道就这么结束了？金盆洗手，重新做人？不，能不能重新做人还得看警察的行动力。但我心里隐隐期待即便是被捕了也比这样一种结局好。

正胡思乱想的时候，我又瞄到了那张地图，上面的红圈排布均匀，我突然想到了什么，便跳起来认真看那地图。

这太奇怪了。

不顾时间太晚，我立刻拨通了那个警察留下的电话。

19

“模仿犯？”

“对。”我气喘吁吁地扶墙，飞哥从只开了一条小缝的门里走出来。我知道来他妈家找他未必是个好主意，但也实在没有其他办法。飞哥看到是我吓了一跳，我听到屋内传来电视的声音，用询问的目光看着他，他点点头，示意我们去个方便的地方。

我们在附近找了个咖啡馆。

“我核对过了，警察发现的那几起电视破坏案根本就不是我们做的。”

“你确定？”

“每次做完，我都会记录下地点。而且这段时间我们也根本没有作案。”

“但他们描述出的嫌犯样子……”

“那点儿信息量套用在任何一个四人团体身上都可能成立。”

“他们发现的我的小习惯？”

“就像你说的，换书这种事根本就不会被注意到，所以留下记号也只是我们往自己身上生搬硬套的。”

“那鸡仔偷东西这事儿呢？”

“他到底偷了什么？”

飞哥欲言又止。

“到底是什么？”我急道。

“内裤……女人的。”

我用一种真相大白的目光盯着飞哥。

“不管是不是受到了我们的影响，很明显的是，除了我们之外，还有另一组同样是四个人的团伙在破坏电视机。”

喝完一杯咖啡，飞哥就匆匆回去了，他最后表示这事还要再考虑一段时间。我可以理解。

几天之后的中午，在单位食堂，我端着炒面和例汤找了个无人的四人位坐下，就着一本科技杂志边看边吃，听到旁边桌传来的对话。

“这场球我一定要看，你就跟我换一下班吧。”

“好吧好吧。你也太倒霉了吧，哪个小偷上门只砸电视啥都不拿？”

“……其实也拿了。”

“什么？”

“一张什么绝版唱片吧，我也不懂，我儿子的东西。”

“那一定很值钱吧？”

“值什么钱啊，一顿饭钱都不够。”

“哦。”那人听了很失望。

“据说这还是连环破坏案，我这已经是第十几起了，这还是被发现的，没发现的不知道多少。”

“听起来怎么跟侠盗罗宾汉似的？”那人重又两眼发光起来。

“侠个屁。”对面的人狠狠地咀嚼一块红烧肉。

我曾经想过单位的同事成了电视破坏的受害者，这真的实现了，虽然不是我们干的。

我还没来得及把这个发现告诉飞哥，回家的时候就发现门下又塞了张纸条，上面写了下一次碰头的时间地点，为保险起见我们没有再回到以前那个天台上。虽然飞哥什么额外的话都没写，但我知道，谋杀电视机小组又复活了。

20

我们没有在出现模仿犯这件事上做深入的讨论，这给人的感觉实在是奇怪，按理说出现同行或追随者，我们应当感到高兴。这增加了我们的风险，却也分担了我们的风险。我却有一种不那么舒服的感觉，好像一个私密的小世界被外人闯入了，发现只有自己信仰的东西也有其他人在信仰。

飞哥体现出的更多的是一种竞争意识。当我转述在单位听到的对话时，他抓住的重点是，“才十几起？”然后露出一种稍显安心的表情。

我们立刻恢复了工作，许久未开工，大家都以一种前所未有的兴致投入到重新开始的破坏工作中。我们在一周之内连续作了五起案子，破了之前的所有纪录。比过去多了的环节是，离开前检查鸡仔的所有口袋。

模仿犯似乎比我们更加疯狂。

那天我和女朋友刚刚结束一场床上的运动，我们躺了十分钟，她光着身子坐起，自然而然地摸到遥控器打开电视。我很不满意她把电视从客厅移到卧室这件事，自从这么做之后，我们每次做完爱就不再是聊天，而变成了她看电视，我起来打游戏。

我正准备披件衣服起来，却被电视新闻吸引住："……据悉，这伙破坏团伙专门针对电视机下手，手段熟练，影响恶劣，请广大市民一定做好防盗工作……"

新闻同时配上了一户人家电视机被砸现场的画面，电视机四角被砸穿，屏幕碎裂，那是我们早已不再使用的破坏方法。

受害的户主十分激动："电视是小事，可他们拿走了我珍藏了十几年的唱片！"

"什么唱片？"不露脸的现场记者问道。

"Television。"

我仿佛听到所有坐在电视机前看这条新闻的人发出了一声意味深长的"哦"。

女朋友奇道："咦，莫非你的电视也是被他们砸的？"

"不是。"

"怎么不是？你当时不也是被入室砸抢的吗？"

"但不是他们干的。"

"别搞笑了，会干这么无聊的事，还会有两个团伙？"

"说不定还不止呢。"

女朋友见我开始阴阳怪气地说话，认定我是要和她吵架，便不再搭理我。

发现他们的作案手法还处在我们的早期阶段，我又得意又气恼。在心里我早就认定这伙人一定是邯郸学步，不知从哪里得知了我们的事迹，这才效仿学习。说不定就是我们曾经的受害者，受到我们无意的点化。他们一定是致敬者而非开创者。

如果有机会的话，我几乎想提醒他们看看新闻，别玩得太过火，见好就收。

这一天我们像往常一样闯进一户屋子，电视静静地挂在客厅和卧室里，我把风，飞哥和阿杰分别去破坏那两台电视，鸡仔给飞哥打下手。

客厅里那台是我们拆过的 45 英寸 LG，飞哥熟练地卸下了机壳后盖，然后准备毁掉机芯里的扫描电路，他突然停了手，皱起了眉头。

“怎么了？”鸡仔问。

“奇怪……”

我好奇地走过去，看到扫描电路的状态也非常吃惊。这时阿杰从卧室走出来朝我们喊：“飞哥，我这里的电视好像已经报废了。”

飞哥抬起头：“我们这儿也是。”

我和他对视了一下，立刻跑去检查门锁，果然，已经有被撬的痕迹，难怪刚刚那么顺利就进来了。

他们也许刚刚才走。

鸡仔指着电视机一角："这是什么？"那上面画着一只手，比着中指。

愚蠢而幼稚的记号。

21

模仿犯的进化速度令人吃惊。更令人意外的是，他们如此大张旗鼓地留下记号，却迟迟未被抓获。

警察就案件再来向我调查的时候，已经换了人。

"之前那个呢？"我问他，这是一个比较年轻的警察，还没学会怎么把制服穿出懒散的味道。

"噢，他升职了。"

"啊？嫌疑犯不是还没抓住嘛。"

"别的案子呗。"

"那他就不跟这个案子了？"

"不然呢？"

"太不负责任了！"我发自内心咒骂，"当时不是说很快就能破案的吗？"

警察撇了撇嘴："破案这种事，是要讲缘分的。"

"啊？"

"就是咯。"警察拿出四张画像，"这是根据几个目击者绘制出的嫌疑犯的画像，你看看像不像。”

“像。”我在心里嗤笑他们毕竟是新手，还不懂怎么防备无处不在的摄像头。

“你还没看哪。”

我低头浏览了一下：“就是他们，不过没画像上这么帅。”

“嗯，好了知道了。”他把画像收好，打量原本放电视的那个位置，“咦，你后来没买新的电视啊？”

“没。”

“为啥不买？”

“我不需要。”

“真好。其实我也不爱看电视，要不是我女朋友……”

“到底什么时候才能抓住啊？”我不耐烦地打断他。

“我刚不是说了嘛，破案这种事……”

“画像都有了还讲个屁缘分啊！”

“啧，你不要急嘛。”他收拾好东西，退到门口，“对了，你知不知道，作案者都有个习惯，就是他们会重新回到作过案的地方。”

“反正我没有。”

“什么？”

“我是说，如果我是作案者，我才不会干这种事呢！”

“要么怎么说你是受害者呢。”

警察出门前往我手里塞了张纸条：“你要是能再次看到他们，帮我把这个转交给他们。”

他走以后我打开纸条，上面是一个地址，还附了一句话：

电视粉碎者，务必抽空光临我家。

22

“电视粉碎者”这个称号像风一般扩散到了整个城市。“新时代的切·格瓦拉”、“流行文化的革命者”、“身体力行的非暴力不合作”……我坐在马桶上被手机推送的这些文章标题看傻了。

短短几天内，几乎所有人都知道了我们这个城市有一伙专门破坏电视的家伙，知识分子为他们赋予了时代的使命色彩，比中指的手作为他们的标志像瘟疫一样蔓延开来。

上班的路上，我在地铁里看到一个穿着竖中指的T恤的家伙，还以为是巧合，走出地铁才发现这个世界几乎都被中指占领了。手机壳、T恤、背包、指甲、项链、文身，到处都是。你不得不佩服现代工业缔造流行的速度。

对面大厦几十米高的宽屏幕上正播放着某档节目对受害者的采访。

“那个人就‘咻’地一个回旋踢，把那个电视踢了回去，然后这样……这样……这样，飞出窗外……”

VCR 里，一个十来岁大的小男孩——我认出他就是那位我们在 T 大学附近聚居区撞见的家伙，正手舞足蹈描述他见到的电视闯入者。他说的是我，不过显然自己添加了许多武侠小说里看来的情节。

“你之前不是说窗户才这么点大么？”外景主持用手比画了一下。

小男孩愣了，过了半天才缓缓开腔：“缩骨功你听过没有？”

现场主持颇为尴尬，暗示导播切到下一段。

“幸亏我那天被楼下快递拖住了，才十分钟，一上楼，电视已经不翼而飞了。”

“不翼而飞？”

“艺高人胆大。”

“可他们好像一般不偷电视啊。”

“一定是我的电视太好了。你知道吗，是……”

导播及时地在植入广告完成前切掉了画面。

简直是荒唐，我摇头准备转身，却被下一个接受访问的人吸引住。

“你们搞错了。”一个戴着超厚眼镜、穿格子衬衫的男人情绪激动。

“怎么说？”

“看，这就是证据。”男人拿着本书，特写显示那是一本地理图册，“这本书绝对不是我家的。”

男人站起来，走到书架边，指着一个地方：“他们留下了那本地理图册，然后拿走了我那本特朗斯特罗姆的《巨大的谜语》。”

外景主持人努力想在男人指着的地方看出一些空隙，证明这里曾经确实有一本叫作《巨大的谜语》的书。

“我家的电视不是这伙人干的。”

“那是谁呢？”

“我不知道，也许……是另一伙人？”

我差点儿要为这个书痴的敏锐鼓掌了，可惜导播又切掉了画面。接下来是主持人与社会学家、犯罪学家和心理学家的对谈环节。这终于促使我快步离开这块巨大的屏幕。

大众已经形成了对这伙模仿犯的基本认知，电视粉碎者，四个年轻男性组成，以神不知鬼不觉的手段在城市里破坏电视机，喜爱 Television 乐队，标志符号是中指。然而，人们对他们的兴趣远未停留在此层面，更多的信息爆炸般从各种渠道铺天盖地散播开来。

“他们爱吃甜食，上周来我家毁了电视之后，冰箱里一磅的朗姆芝士也没了。”

“除了 Television，他们还爱听古典，最爱拉赫玛尼诺夫，对勋伯格深恶痛绝！”

“绝对的潜水爱好者。”

“其中一个男人是 Gay。”

之后，电视台不知从哪儿弄来了四人的犯罪肖像，那压根儿就不是警察给我看过的肖像，而是……比那还要帅很多。大众嫌“电视机粉碎者”名号太长，缺乏朗朗上口的音调，干脆给了他们一个新代号，Television 4，简称 T4。

那四张不知道是谁的脸就此被当作新一代的偶像高高悬挂在这城市的居民头顶。我们对此哑口无言。

尽管这样，我们还是坚持了一段时间，继续以每周三至四次的频率闯入一栋栋房子，但很难再找到之前的那种快感，连鸡仔都沉默了起来。我们像已经结婚多年的丈夫对待床事一般敷衍了事，只想尽快结束这一必须完成的任务。完成之后，既没有成就感，也不感到低落。

一种食之无味弃之可惜的信仰。

这种情况持续到某日下午我们闯入了一户空屋，房子静谧得不像话，桌上摆着刀叉餐盘，中间是一个餐盘盖，插着未点的蜡烛，四周是气球。

一台极为豪华的电视机则在客厅静候。旁边的 CD 架上是一排摆放整齐的 CD，Television 出道以来发行的全部专辑。

不必走进卧室我们已经清楚这是怎么一回事：卧室四周墙壁贴的大幅 T4 成员的海报。

我们闯入了一户 T4 粉丝之家，主人专门布置了这样一所空屋，等待幸运的降临，看样子还请了人定期前来打扫。

这空屋让我产生了一种前所未有的惧意。我们在角落果然发现了隐藏摄影机。

“砸还是不砸？”拆了所有的摄影机后，阿杰站在电视机前问。

我们都看着飞哥，他沉默了数秒，然后掏出许久未用的锤子，向电视掷下第一锤。这是我们很久没有用过的粗暴方式。但这无疑是有效的，我们全都兴奋起来了，模仿犯出现以来所有的恼羞成怒都在此刻得到释放。

那电视彻底成了碎片之后，我们坐下来，将餐桌上为 T4 准备的高级甜食吃了个干净，CD 全部扔到了马桶里。我相信屋主能找到自我说服的理由，为何 T4 突然对 Television 失去了兴趣？

离开这所房子前，飞哥让我们先别走，他有话要说。

“这是谋杀电视机小组干的最后一单。”

我们吃惊地看着他。

“飞哥，不至于。”

“是啊，用不着跟那几个黄毛小子怄气。”

飞哥摇头：“你们还不明白吗？做这个已经没有意义了。”

我们望着地下那堆碎片，屋主大概会立刻置入一台新的电视，等候幸运的第二次降临。

“要么，我们把那几个小子找出来谈谈？”鸡仔语调阴沉。

“喂，你们难道想……”我盯着鸡仔和阿杰，“当然我也不是反对。”

“我已经决定了。”

说完飞哥大踏步走出去，我想起什么，追上他。

“飞哥，有始有终。”我把一本宜家过季的广告册递给他，“将就吧。”那房子实在是一本书也没有。

飞哥点点头接过。他朝前走了两步，见我们没跟上，回头笑了笑。

“现在有一个更大的游戏，你们想加入吗？”

当然。

23

我们本以为电视台一定守备森严，抱着闯关的觉悟研究了电视台的内部架构，每一道关卡要如何进入，又有多少种替补方案在等候。我们花了一周时间做准备，保持健身、健康饮食和充足的睡眠，炸药的事交给飞哥搞定，门禁系统的突破方案交给鸡仔，阿杰和我则负责实地考察，搞清楚电视台的人员流动、交接班等情况。

下午两点，我们准时出现在电视台楼下，顺利凭借伪造的临时出入证进入大厅。要去的楼层是最高层的节目录制棚。选择《我把妈妈变小了》的原因很简单，老牌节目，有稳定收视群，全家共享。

电梯门开了，一群衣着光鲜脚步匆忙的男女拥出，我们刚准备进去，一个年轻女人抬头看到我们，惊讶道：“阿杰！”

阿杰看着她，脸上逐渐出现表情：“是你？”

“真没想到，高中毕业后就没见过你了。竟然在这里看到！”

“呃，真巧。”

“你来这儿干吗？”她这才注意到我们，“这些是你朋友？”

“嗯，算是吧……”阿杰紧张得话都说不好了。

“算是？”

“哦，我们其实是同事。”我赶紧笑着说。

“噢……话说你现在在哪儿高就呢？”

阿杰闭着嘴说不出话来，连连看我们。

“建筑设计事务所。”鸡仔抢道。

“这么厉害？”对方眼神瞄到了飞哥身上，“难怪你同事这么酷哈。对了，你还没回答我呢，你今天是来？”

“哦，我们接了你们台一个活儿，今天是来实地考察的。”飞哥淡淡地说。

那女人显然被飞哥吸引住了。

“这样啊。哎那你看这样好不好，我带你们参观吧？”

“不用了不用了，打扰你多不好意思。”阿杰赶紧说。

“啧，老同学嘛，反正我下午也没事。”

飞哥点了点头，示意我们将错就错。由于这一突然情况，导致我们原本的计划被打乱……我们不费吹灰之力就到达了节目录制棚。但在这过程中，谢绝阿杰的同学带着我们满电视台乱绕，强力精简路线到达最终目的地，还是颇费了一番功夫。

虽然耽误了一些时间，还好到达时最新的《我把妈妈变小了》还在录制中，我们分头行动，飞哥去埋放炸药，鸡仔和阿杰去控制导播间，我在大棚现场戴上兔子面具等候就位信号。

现场的工作人员忙乱但有序，注意力全都集中在主持人“路宝妈妈”和三对母子身上。现在是心理问答环节，题目是“妈妈的尿不湿用完了，我应该怎么办”。没人注意到站在外围阴影处的我。

为了让自己保持冷静，我开始在心中默写世界上所有国家的名字、国土面积、人口情况。我感到一种奇异的违和感，惊异于自己还曾过过普通人的生活，上学、考试、工作、谈恋爱。

女朋友下班回家的时候应该会看到我写给她的分手信。

飞哥回来了，他拍了拍我的肩膀，就像邀请我加入小组时那样。我们什么话都没说。

我向着舞台走去。

“不好意思打断一下，我有几句话要说。”

工作人员一时没反应过来。“那小子是谁？”“什么情况？”“哪个粉丝又闯进来了？”此起彼伏。

导播通过话筒怒吼：“把那家伙给我弄出去……”还没说完就没声了。我知道鸡仔和阿杰已经搞定了那边。

“是这样的。”主持人和嘉宾都站在了一边，大眼瞪小眼，我礼貌地朝他们笑笑，“这个地方十分钟后就会爆炸，在此之前我想借贵节目说几句话，我们无意让所有人送死，所以你们按照我同事的要求播出去之后，就可以走。”我对着导播间的方向挥了挥手。

“如果你们不合作呢，我的另一位同事就会立刻引爆炸药。他现在就在录制棚外，如果他看到有任何一个人擅自出去……”我做了个爆炸的手势。

在场人员渐渐安静下来，他们总算弄懂了一点这是什么情况。

“现在，我的同事会引爆一点点炸药，让你们看看效果，也让你们相信我并不是在开玩笑。”

我刚说完，就听到一声巨大的爆炸声，录制棚后台一处被炸飞，硝烟中的碎片像雪花一样落下来，所有人这才爆发出尖叫。

恐惧的尖叫和欢乐的尖叫听起来区别很小，对了，这也是我们为何选择《我把妈妈变小了》的原因。这是个全封闭的录制棚，其他楼层的人听到再奇怪的声音，也不会觉得有多奇怪。

我静静地等他们冷静下来，然后看了看表："现在还剩七分钟。你们的时间宝贵，请让我把话说完。"

"让他说。"导播间里传来了一句。

"特写机位在哪儿？"

一个摄影师怯生生地举起了手。我点点头，侧身面对那边的镜头。

"我接下来要说的话很简单，关于最近发生的破坏电视机行动，其实真正的作案者是我们。"

现场开始发出窃窃私语的声音。

"被你们当作流行偶像供奉的那四个家伙，我不知道他们是谁，但显然他们是冒牌货。"我猜兔子面具增加了我的话的信服力。

"接下来的话更重要。我们破坏电视与任何你们现在给出的解释都无关，既不是什么批判庸俗文化，也不是反对传播媒体，还有什么……企图掀起第四次科技革命？太扯淡了……你们听好了，我们破坏电视——"

所有人都好奇地想知道我会说出什么惊世骇俗的言论。

"我们破坏电视只是因为我们讨厌电视。就这么简单。"

一时没人有反应。

主持人情不自禁接了句："就没了？"

我没理她，鸡仔在导播间向我示意这段录影已经播送出去。

"现在还剩三分钟，你们可以走了。"

所有人潮水般拥出，不到一分钟，空荡荡的摄影棚里只剩下我一个。鸡仔、阿杰从导播间走出来。

"太热了，把灯关了吧。"

灯灭了，我摘掉面具，稍微凉快了一些，身上的汗已经浸湿了衣服。

飞哥走上来，递给我一根烟。

是糖。

"哇，没想到这么小，根本没电视里大嘛。"鸡仔打量着这个舞台。

"这是真的假的？"阿杰从桌上装饰用的水果中拿起一根香蕉。

"咬一口不就知道了。"

还有一分钟。

"说起来，我还不知道你们的大名呢。"

"知道那个干吗。"

"也是。"

还有三十秒。

“飞哥你到底有没有女朋友？”

“有啊。”

“哇，都快死了就别装了。”

10，9，8，7，6，5，4，3，2，1。

24

我听到一连串的巨响，然后奇怪自己怎么还没四分五裂，天上落下的不是血，而是五颜六色的礼花碎片。

录制棚的灯被一下子打开了，人群全部拥进来。

飞哥、鸡仔、阿杰都笑着看着我。

每个人都在鼓掌。

主持人“路宝妈妈”走上台，给了我一个拥抱。我竟还有闲暇注意到她补了妆，衣服和发型也都重新整理过了。

“恭喜你，成为本届《谋杀电视机》节目的冠军。”

我茫然地看着她，周围的声音好像都成了白噪音，我不理解她在说什么，他们又在做什么。工作人员都回到了自己的岗位，所有的镜头都对准我。

背景的大屏幕亮了，带着某种不祥的预感，我转过身去。

画面上显示的是一个下降的电梯，电梯里的人各自休整状态，其中一个女人不断盯着电梯下降的数字，拿着纸条默念台词，深呼吸。电梯开门前所有人突然调整到了进入某种演戏状态，面无表情走出，女人则伴随着一系列自然而然的表情变化，走出电梯。然后遇到了，我们。

“阿杰！”

“是你？”

刚刚我经历过的一幕在我眼前进行另一个角度的回放。你猜我现在是什么感觉？

这位阿杰的同学此刻从台下走了上来，对我伸出右手，我一个字也说不出来，只好对她伸出左手。她欢天喜地站在了一旁。

屏幕上出现第二个画面，那是最后一次来我家的警察在对我进行补充访问。当他说到“破案这种事，是要讲缘分的”的时候，台下爆发出一阵笑声。画面中的我关上门之后，镜头跟随他走出去，导播和工作人员出现，“不是让你不要过度发挥了吗？！”然后将他制服上的徽章撕下来，那是魔术贴。

继而是前两次跟我打交道的警察，第一位表演最为成熟，看上去完美执行了剧本。他们一块儿出现了，朝镜头鞠躬招手献吻。

更多的画面涌现，将屏幕割裂成了更多块。每一个画面的中心都是我，我，我。随着那些发生过的事情以上帝视角反复重现，台上的人也越来越多了，所有我生活里和谋杀电视机有关的人逐一登场。我的眼前发黑，无法呼吸，感觉越来越站不住了。

一个应该是很重要的细节我怎么都想不起来了。

现在正对着我的是我们头一次作案的那户人家，通过多重画格我同时看到门外的音效师如何发出口技一般的声响，让门内的我们误以为这一家三口就在门口。不对，是我一个人。

几乎每一次我出现的时刻都被精心算好，伴随着一记无声的打板声和所有人心中默念的“Action”。

包括那一次我从春天百货的厕所出来，撞见女朋友在和飞哥说话。

“是你女朋友帮你报的名。”主持人微笑道，然后我女朋友走了上来，穿着她最贵的一身裙子，笑容满面，浑身散发着光彩。

她拥抱了我。

“我爱你。”

台上和台下都鼓起了掌，我看到有些人偷偷擦起了眼泪。

“我不明白……”

“我知道。”女朋友松开了我，朝镜头挥了挥手，也站到了一旁。

“等会儿会有我们的工作人员和你详细解释这是怎么回事。总之，你现在要做的就是接受属于你的荣誉。现在，请上在最终 PK 中的另一位选手……”

四个年轻的男孩走上舞台，我惊讶地发现他们是 T4。其中一个男孩冲我走来，抱了抱我，台下又适时响起掌声。

“哥们儿，你太牛逼了，竟然能撑到现在都没发现。你一定是真心的。”

“发现什么？”

“发现所有的这些都是一场真人秀啊。”他笑了，显然是已经遭遇了同样的茫然无措的阶段，对我的反应十分熟稔，“这个节目的目的是选出一个最讨厌电视的人，所以那个到最后都没有发现自己身处一场真人秀节目中的人，就是最后的赢家。”

“怎么……发现？”我十分困惑。

“要是你哪怕有一点儿看电视的习惯都能发现啊，每周五晚上八点。”

屏幕上，我和女朋友在家，我在客厅打游戏，而卧室里的电视机上正播放着《谋杀电视机》，那一周我们的精彩花絮让女朋友连连发笑。“什么东西这么好笑？”“一个真人秀节目。”“哦。”“真的好好笑，亲爱的你不来一起看吗？”“不了。”

我简直想抽自己。

“这些都是假的？”

“当然不了，又不是《楚门的世界》。只有跟破坏电视有关的部分才是。”

“为什么没有人告诉我？”

“我一开始也奇怪，后来问了其他选手，发现他们也一样，几乎没人愿意这么做，想想也是，大家都想把这戏看完呗。”

我想起了单位里那些窃窃私语和被我当成是社交有效换来的微笑。

“可是，赢了有什么好处？”

“好处？”他像看一个白痴似的看着我，“现在所有人都认识你，你还问有什么好处？”他适时朝镜头一笑，“当然了，我这个第二名也还行。”

我到底忘了什么？一定要想起来。

他走开的时候，我看到飞哥、鸡仔和阿杰重新走上台，显然是经过了一番精心的修饰，衣服没变——现在看来那已经是他们的角色造型了，鬓角、鼻梁、下颚都经过重塑，以更符合镜头的审美。

他们朝我走来，鸡仔递给我一支烟，然后打着了火机。

“不用了，我知道电视上不许抽烟。”台下发出了笑声，为我此时恢复的幽默鼓掌。

“你好，我们来重新认识一下吧。我是《谋杀电视机》节目组的演员，蔡杰。”阿杰大大方方地说，他完全变了个样子，一点也不再是那个阴沉笨拙的汉子。

“我是李天，怎么样，是不是演技超好？”鸡仔和之前的状态倒差别不大。

“路宝飞。”飞哥笑嘻嘻地看着我，“我一直对你都有信心。”

屏幕上正在回放我们深陷T大学聚居区那紧张的一刻，极为精彩的剪辑和背景音乐将之变成了一部《碟中谍》，台上台下的目光都被吸引过去。

“从什么时候开始的？”我面无表情地问飞哥。

“报名时间是三月初，十天后你被确认选中成为选手之一。真正开始，就是我们第一次碰面的时候咯。”

“除了我之外还有多少选手？”

“十个。节目组要配备一整套流程、人员、设施、计划，十套已经是相当庞大的工程了。”

我看着 T4 剩下的那三个，显然他们就是另一套的飞哥、鸡仔和阿杰。

“有些人很快就发现了，最终也就剩下了你和那个哥们儿。”

“他被淘汰之后就变成了模仿犯？”

“不不不，他是在炸电视台这一步之前才发现的，听说是为了确认《我把妈妈变小了》的节目时间，这本来不该是他干的活儿，然后就发现怎么都找不到这节目。”

“找不到？”

“对啊，这节目早就停播了嘛。”

我露出难以置信的神色：“可是……”

“你看的都是以前的，那也是我们安排好的。”飞哥见我绞尽脑汁回想，哈哈一笑，“可见你真的不爱看电视。”

“那模仿犯呢？”

“模仿犯？根本就没有。或者说，你，不，我们自己就是。”

“什么意思？”

“我们和他们，”飞哥指了指 T4，“我们就像镜像关系，在他们那里，我们才是模仿犯。”

“不可能，不可能。”我仍然无法相信，“那些粉丝呢，你们人力再多也不可能实现啊。”

“确实。所以他们是真正的粉丝咯。不过是《谋杀电视机》节目的粉丝而已。”

“如果剩下的不止是我和另一组两组而已呢？”

“你还不明白吗？每组的行动计划都是被精心安排好的，你们的世界永远不可能有交集，而模仿犯则是一个通用的对象，就算最后只剩下了一组选手，他也会以为还有另一组团伙的存在。只是，最后正好剩下了你们两组，节目组就和观众玩一个默契游戏咯。”

是啊，默契游戏。这似乎提示了我什么。

“默契游戏。”

“嗯哼，你没发现么，除了我们既定的行动路线会看到的模仿犯的照片，在那些自发的粉丝行为中，根本就看不到模仿犯的样子。你还记得我们最后去的那个房子吗？”

我当然记得，那是导向我们走向最终章的序曲。

“在对方去的类似的房子里，卧室里贴的可是我们四个人的照片。”

我一句话都说不出来。那个细节还是怎么都想不起来。

“搞不好他们还会很愤怒，这四个家伙明明长得这么丑，竟然获得大众如此的拥护，然后感叹一下这个世道的审丑文化什么的。”飞哥说着笑起来。

屏幕上播放着我们从电视台一路被阿杰同学绕晕的片段，那看来也出自编导戏剧理论的一部分，用以吊足观众的胃口。

我看着台上的主持人：“她看上去有些眼熟。”

飞哥点点头：“当然啦，谁都认识。”

我摇头：“路宝飞，”我盯着飞哥，“她是你妈对么？”

飞哥撇了撇嘴：“当主持人的有个当演员的儿子也不奇怪吧。”

“你说的那些虐待狂的事……”

“都是剧本啦。”飞哥满不在乎地说，然后，他迟疑了一下，“不过我是真的很讨厌电视。”

“嗯？”

“她只能在电视上出现，永远都没法在现实里陪我。”飞哥苦笑了一下，“我以为《我把妈妈变小了》停播，她就能安心退休，谁知又接手了这个活儿，还连我也招了进去。不过有什么用呢。”

主持人路宝妈妈，不，既然她已经不是《我把妈妈变小了》的主持人，也就不再是路宝妈妈，她打断了我和飞哥的对话，显然觉得我的疑问不可能全部问完，让一位工作人员带我去休息间休息。他们要重新布置录制现场。

被僵尸般搀扶往外走的时候，那个之前不重要的细节终于慢慢浮现了出来。越来越清晰。

屏幕上，本应控制导播间的鸡仔和阿杰走进去和导播打了个暗语，交换了眼神，飞哥刚走出我的视线，助理就冲上来为他擦汗打理衣服，我在镜头里绕着摄制棚外围慢慢走着，仿佛在缓解紧张情绪，不时蹲下系鞋带。

只有我知道自己那时在做什么。小型炸药只要威力足够，鸡蛋大小就足以炸飞一间两百平方米的屋子。这个录影棚大概三百平方米，我放了五枚。

“飞哥。”我扭头对他喊，他向我微笑挥手，我磕磕绊绊，但还是说了出来：“替补方案，我替你做了。”多准备一套炸药是飞哥提过的，我只想确保万无一失。这是我们之间的默契。

我看到他先是一愣，笑容慢慢凝固了，然后冲过去想抱住主持人。我不知道他能不能抱上。

10，9，8，7，6，5，4，3，2，1。

这才是真正的倒计时。

反拖延症

我第一次见到他的那天是下午，我正打发咨询室的最后一个十分钟，准备搬起石头砸自己的脚。然后他推门进来了。我的石头举在半空中，只好收回抽屉。他的样子很急切，眼睛控制不住地转，让我第一眼将他误诊为躁狂抑郁症，并立刻从大脑回路中抽取了 4 号抽屉的台词，摆出对应的坐姿、神态，并将上半身向前微微倾斜，最重要的是手肘摆放成一个 T 字。据说这是让躁狂抑郁症患者最快产生倾诉欲的姿势。我严格地遵从了这些标准，并用标准声调发出一声“你好”。

我不好。他说。我非常地不好，我来是因为一件重要的事，关乎我个人性命的重要的事。现在已经快要来不及了，我必须来找你，你得救救我。“嗯？”我迟疑地将他这串语速极快的话编译为一系列外显症状，可是没法立刻下判断。

事情必须从三年前的每一个早上说起，你无法想象早上对我来说有多么困难而对你们是如此轻而易举。起床，我是说起床。起床而已，这件事对我来说不比成为爱因斯坦发现泡利不相容原理要简单多少而……“不是爱因斯坦”……对不起你说什么？……“不是爱因斯坦，是泡利”……你是说？……“泡利不相容原理不是爱因斯坦发现的是泡利，瞧，您已经说出来了”……好的不过这无关紧要。

我意识到已经犯了两个错误，一是打断了这位患者的叙述流，二是不小心将对方称呼为“您”。不是一个良好的开头，可能会为之后的诊疗增加无限多的麻烦。可是事已至此，姑且听他之后怎么说吧。

也许你们一翻身就起来了，可是你们不知道躺在床上想象这个过程是多么痛苦，不止这一种，我想象了无数种起床的方法和姿势，比如为捉住那只奔跑的闹钟或是听到外面有人喊起火啦或仅仅是发现床单弄脏了而吓了一大跳，被子里有小动物也是很好的办法，可是这些都毫无用处。我就这么待在那儿，躺着，我没法站起来，连坐起来都很困难，如果我能坐起来或者哪怕是动一动，也许就能起床了，可是没有办法，我做不到。我做不到。

“那么现在呢？”我怀疑他是故意停顿下来好给我说

一句的机会。

完全没问题了。

“完全？”

是的，完全。我战胜了自己，再也不会在起床这件小事上纠结太久，我能像你们一样毫不费力地醒来，然后自然地起身，给自己倒杯水喝然后穿衣服。再正常不过了。这只是一个例子。当时困住我的不只如此，而是从早上到晚上的每一件事。譬如我挣扎了五个多小时终于克服起床，接下来呢，我还得继续花更久的时间决定要做哪件事，是刷牙还是喝水，还有更多更复杂的决策，早饭吃不吃，要不要打开电脑，是玩会儿游戏还是开文档继续写论文，还是把一个月前没看完的电影看掉，还是先把这本书看完再写论文，还是先把这一关通了再看书再写论文再看电影，当一个看似完美达到纳什均衡的计划终于出现的时候，你知道发生了什么吗？

“什么？”

我完全没有照做。没有，是这样的，我打开游戏然后陷入新一轮的忧虑，果然还是应该先把昨天的袜子洗了再烧水洗个脚才能安心做其他事啊。接着你猜如何。还是别猜了让我来告诉你，接着我去洗袜子然后陷入又一轮的忧虑。啊，这时已经是半夜了，我应该睡觉了。

于是我爬上床等待长达五个小时无法入睡的痛苦，然后在微光中迎来又一次的折磨，我是不是该起床了。

“啊……”

但是我克服了。我胜利了。

“是吗，祝贺你。”我在间隙里抓住一个回到台词的机会。

我早上七点醒来，起床穿衣吃饭，吃昨晚下课回来在超市买的全麦面包，一共八片，前两天每天吃三片，第三天吃两片并在出门的时候补充一个包子，菜的。然后看二十页语法背二十个单词，一个不少。有课的日子在人数合适的时机去教室上课以显得低调，无课的日子撰写一日计划表。而这些全部都在我早起的瞬间印在脑内，以至于撰写一张计划表只是计划的一部分。所以后来我渐渐摆脱计划表，计划，摆脱自己，意识。一切看起来都是存在的而我只需去做即可。

“是什么让你发生了这样的转变？”

我不知道，也许是自然而然发生的，就这么突然变了，我成熟了。我克服了。但我总觉得这一切与这个不无相关。他掏出一袋糖果。她给我的，他脸上泛出一丝甜蜜。

“你真幸运。”

从那以后一切都变了。这东西让我充满能量，这么说或许非常不可思议并且我本人是绝对没有任何宗教信仰的——但它让我感觉我在相信着什么。

“那么，你现在的问题是？”

医生，您还没听我说完。我开始感到不对劲是两个月之后，我发现自己越来越无法忍受当一切全部完成后剩下的那几十分钟，到后来变成几个小时，然后，我在上午就能把一切都做完可是到了下午，我该做什么呢，这完全无法忍耐，比那之前每一个无法起床的早上都令我难受得多。还有这么多时间我要怎么打发呢？

“你可以提前做点儿什么。”

是啊，一开始我也是这么想的。于是我开始做第二天需要做的事，我提前把第二天要交的报告写了，然后是第二天要买的面包，哦，您现在去我那儿看看会发现我已经存储了未来二十年里要换掉的灯泡、床单、水壶、刮胡刀，还有那些有保质期的东西，我全部安排进了计划并做完。还有两年才毕业不过我已经把要看的书本和论文全部完成，当我打电话给老师问他们未来两年准备安排我们做什么样的实验写什么样的报告时他们先是觉得我勤勉有加继而觉得我压根儿就是疯了。这些还不是最困难的，我开始着手安排毕业之后的生活计划，我会去什么样的公司做什么样的工作，我将步入什么样的职场在何时升入管理层又在何时离开第一家公司被第二家公司开更好的薪酬挖去，我将结识什么样的女孩儿什么时候带她去吃第一顿晚餐送哪个花店的花在礼炮刚刚绽放的前一秒打开她面前的绸缎小盒，里面，有我五年前早已计划好用刚好是那时两个月薪水买的戒指。我想她会答应我们的婚事的。

“她？你是说不是那个给你糖果的她？”

哦，我想我那时应该早已把她忘了。

“真是遗憾。”

当我研究完六十到八十年后家乡房产变动社会结构变化亚欧大陆迁移并确认地球上肉眼可见的第九十七次日食将于此区间发生之后，我对那时的世界宏观地图、社会大体结构和科学尤其是医疗方面的发展已经有了差不多的把握，我预料自己应当在那时死于多年健康饮食所造成的器官自然衰竭，我有八成的可能是死而无憾。我的亲人们围绕在墓地四周为我落泪祈福，他们中的多数是真心的。

“那可真是不错。”

如您所见，我的一生就此落幕。但对现在的我来说这一切还远未到来，我不知道当我已经在脑中目睹墓地上我妻子流下的最后一次眼泪，而现在的我却还在等待与她五年后的相遇，我怎么忍受这一切。等待，在无尽的时间中等待。我还有长达六十至八十年的时间，我该如何打发它们。最麻烦的事在于我没法让自己停下来，我得干活，我必须干活，我必须让自己旋转起来。我得让头脑线程全开。否则……没有否则，我还未尝试过停止思考会有什么后果。我害怕，非常地害怕。在极度恐惧的情绪下我仍然转着，不敢不动，不敢不想动。不敢。我不敢。

我发现他脸上的汗珠密集般出现，然后顺着脸颊流下，浸湿了衣领。他的眼睛中透出一股恐惧和疯狂交织的神情。“你想喝点儿水吗？”

没有时间了，医生，没有时间了，您听我继续说。当我发现这一切，我自己，我的头脑，身体，全部的一切都没法停止下来的时候，比起我已经完成剩下的一生的计划更为让我害怕的是，我不知道下一秒我该做什么。是不是太可笑了。一个知道他接下来的一生将以哪些细节活着的人，却不知道他下一秒该做什么。他不知道，因为能够想象和计划的他差不多已经全部完成。可事实上，下一秒没有停顿，没有空白的下一秒，当下一秒到来时，他总能自然而然地找出新的任务。他的思维仿佛不受他自己控制而被另一种超常力量安排，他的意识和行为好像跟他这个人已经完全没有关系，不需要他也行。它们说，我们自己来，嘿，就这么干吧。

他越来越激动，语速飞快得让我得调动全部大脑才能跟上。实际上我几乎已经不太理解他在说什么。这可真是准职业生涯的一个败笔。我没法救他了。我绝望地想。这是一个我从未碰到过的案例。“好吧，我知道了，我会为你开点儿药，不过药的效果是其次，你的问题还是要靠自己解决。”

不，住手。医生，请别对我说这些，更别给我药片。我来就是要让你知道，我是多么痛苦。而我又是费了多么大的劲才把这一刻安排进去。我来是为了告诉你，一分钟后当那个男人走进来的时候，千万别用你抽屉里那些糖果骗他。

我第二次见到他是在一分钟之后，当时我刚打开抽屉把糖果藏好。

把所有套套都带上

1

干我们这一行有个不成文的规定，长得最丑的做Leader，长得最好看的刷社交网络，其他人则负责体验生活。别害怕，我做的不是什么特殊行业，既不需要出生入死，也用不着太多的智慧。多余的智力在这里只会让你成为一个异类，无人聘请。这事儿门槛再低不过，一定的文化基础和对生活的观察力，将现实世界稍微添油加醋使其变得更加残酷或偶尔美好。你猜得不错，我是一个编剧。

如果不是被IT行业开除我不会做这一行，跟你们一样，我非常讨厌我的工作。最讨厌的就是这四个大部分人都在努力揣测的字：体验生活。我觉得自己根本不需要生活，又或者我根本就已经在生活。什么叫体验生活？我完全不明白。你知道，这很容易让人想到上个世纪那些脸色红润穿着晦涩手持内参读物的年轻人，仿佛我现在一点儿不穷困艰难似的，仿佛我不需要吃饭洗衣服似的，仿佛我没谈过恋爱似的。什么叫体验生活？不好意思，我完全不明白。

这句扔在老板脸上的话让我整整八个月没有接到一个活儿。我不是长得最好看的，却也刷了八个月社交网络。我有点儿难过。

事情本可发生的转机是公司决定做一部爱情轻喜剧，面向最年轻的年轻人，要求除了写人话和不抖机灵之外就只有一个，新鲜。这个词我从北土城西路揣摩到了陕西南路，然后转弯向淠河路走过了五百米，巨大的电线杆上贴了一张很小很小的模糊不清的女性人像，下面是一串阿拉伯数字。就在我想这应该是个电话号码的时候，手机响了。是老板打来的。“小王啊，电视剧你别写了，我给你安排了一个社交活动。”“什么社交活动？”“相亲。”

“怎么能听张震岳？”没等我反应过来，小宇就删了我手机里所有标签为pop的音乐。一开始我觉得他做得不无道理，直到我发现他压根儿就没留下一首歌。“喂，Sonic Youth总可以留下吧？”小宇一言不发凝视着我。

“那 Placebo 呢？”我怯怯道，“Blind Melon 也删？我就不信哪个正常人会听这个！”

“注意你的形象，你现在又不是去跟艺术学院导演系二年级学生相亲。”

老板不让我写爱情电视剧的原因是全公司只有我一个人是单身。“以后我帮你接推理类型的吧，爱情片你就别沾了。对了，科幻你有兴趣吗？感觉你每天活得都挺科幻的，很合适啊。”

出于对我命运的同情他还给我安排了人生第一场相亲，但我没想到第一个相亲对象就是这样的 cool guy，当时我正杵在电线杆前思考人生，老板在电话里说：“小王啊，这人是个有黑道背景的导演。”我第一反应是：“侯孝贤？”

新鲜。

我们约在了当地艺术家聚居区一家颇有人气的咖啡馆，对方定的。我跟老板再三确认了这个地点，仍然为这位有黑道背景的导演如此甘冒风险的选择感到忧心。就我看来，一家未被收录于旅游清单上的不知名小馆子或许是更安全也更符合此次会面风格的选择，比如弥敦道 97 号。我抓紧时间温习了世界各国黑道题材影视剧，寄希望于有职业操守的编剧好歹在他们写出来的东西里有点儿货真价实的干货，让我到时面对导演无意蹿出的切口时不至于显得太无所适从。

我给自己的定位是不算特别酷但多少也有点儿经历的成年人，我们见面时的场景将是这样：导演看到我时跟我打招呼发现我没反应，直到他拍了拍我肩膀我才微微一惊，把墨镜摘下打量他两秒，从发丝间取下耳机向他点点头，等他坐定，我看都不看直接把耳机递过去："Hypocrisy，你听么？"

在不知道对方籍贯的情况下我决定使用标准普通话。

关于这里是 Hypocrisy 还是 Haydn 还是 Harry Potter 我和小宇争论了很久。看了那么多黑道题材影视剧也压根没用：三十五岁以上好莱坞电影里的黑道正高级别人士一般听古典，二十岁出头导演一般不愿意领奥斯卡的片子里的黑道底层人物多半听摇滚，但具体到他们爱听什么，主要还是看制片人肯花多少钱购买音乐版权，所以最近十年黑道大哥主要都在听收音机头。认真揣摩了导演和黑道这两个主体身份后，我们最终选用了一款国宝级死亡金属。

"只有绝对的心理变态才会听这个。""就它了。"

我们都没想到真正的黑道导演可能压根儿就不听音乐。

为了让剧情精确按照我设计的发展，半小时前我就坐在了咖啡馆，盯着对面一桌的袖珍胖子蹩脚地花了半包抽纸吸干印花衬衫上的雨水。听到第十分钟 Hypocrisy 的时候我就知道这辈子我可能都不会成为把钱甩在收音机头经纪人头上的 China New Wave 的一员了。到了第十五分钟，肩膀上被猝不及防地拍了两下，我连墨镜都来不及摘，台词脱口而出：

“Hypo……Hypothetical，你听么？”

“什么？”

“Hypothalamus……你听么？”

“……什么？”

“一个乐队，死亡金属，叫 Hippopotamuses。”

我把耳机塞到对方手里，他插上的时候我看到手机显示正在播放 Radiohead，他拧着眉头听了一会儿，“不错，不过……”

“不够燥？这是死亡金属里的 New Wave……”

“不，我是觉得有点儿耳熟。”

“导演果然音乐造诣深厚，波多黎各的新兴乐队……”我一句话还没说完，摘了墨镜，才惊讶地发现面前这位就是那个在我面前擦了半天衬衫的胖子。“等一下，你认错人了吧？”

胖子掏出手机，小心翼翼比对：“王也星小姐，不对吗？”

“对，对。可是……哪有黑道背景的导演会提前半个小时就他妈来约会地点坐着啊！”我把后半句咽了回去，“您就是兰导？”

胖子露出放松的笑容，伸出右手：“什么导不导的，我还啥作品没有呢。”我看了他两秒，从发际线欣慰确认他好歹没戴假发，然后伸出右手：“幸会，久仰，坐。”

导演看着我的胳膊，惊叹道：“这么大的文身，疼吧？”

“跟这里的疼来比也算不上什么了。”我淡淡一笑，捂了一下胸口。

“啊，乳腺出过毛病？”

“心，心疼。”“情伤。”“被男人甩了！”

导演这才恍然大悟，适时露出沉痛哀悼的表情，招呼服务员过来点单。我不动声色地拿了一张餐巾纸把深紫口红擦掉，喝了这二十分钟以来第一口水，把外套重新披上。

“王小姐想吃点什么？”

“随便点吧，看你。”

“这怎么能随便？你看你这么瘦，得好好点。”导演跟服务员比画菜单，那架势是要把一本菜单都给点了。“兰导您太客气了，这么多吃得完吗？”“反正我们AA

嘛。”“……那我再加个这个、这个，还有这个。”“你能吃这么多？”“你别看我现在瘦，以前比你也就小那么一圈。”“真的假的？”“这有什么好吹牛的。”“那你怎么瘦的？哦！又是情伤？”“不是，吸毒吸的。”

我正打算跟他卖弄一番提前做的药理学功课，他却毫无兴致，不，不能说是毫无兴致，简直是脸色煞白。点完了单我们一时相顾无言，直到一杯奶昔在他面前放下，他猛吸三口，这才缓缓开口："小王啊，我觉得你们年轻人，最好还是保持点健康的生活习惯……对了，你平时跑步吗？”

“啊？”

“跑步，你不跑步？”

我摇摇头。实际上，随着这所谓的相亲越来越扑朔迷离，我简直快哭了。

“跑步太好了！我告诉你，我原来好多毛病，都是这个跑步把我给跑好了。这背，这脖子，还有这腰。我跟你讲，之前我还有点抑郁症呢，现在都好了。哎呀，跑步啊，太好了。”导演一边嘬着最后一点儿瓶底，一边哐哐哐甩着奶昔味儿的唾沫星子。

我简直要他妈哭了。“导演，”我艰难地打断他，“你听音乐吗？”

“听啊，听音乐也好，我跑步的时候就爱听音乐。”

“那你没听过 Hypocrisy？”我终于想起来乐队名。

“……海……海破什么？”

“不是海破，是海阔天空啦，Beyond，香港，黄家驹。”

“哦！”导演阴晴不定的脸色总算尘埃落定，竟而斥责我道，“这我怎么会没听过嘛。我下部戏……”趁他没说出让我们更不堪回首的话，我赶紧打断他：“兰导最近这部拍的是什么？”

“爱情片。”

“哦？”

“纪实半自传体作品。”

“哦？”

“讲述了一个乡村背景的青年长达半生的爱情羁绊，悬而不决，大快人心，感人肺腑。”

“那到底是悬而不决还是大快人心还是感人肺腑呢？”

“这都不明白？一开始悬而不决，到中间大快人心，结尾是感人肺腑。”

“题目叫‘天龙八部’？”

“好名字！就用它了。”

有那么一瞬间我确实在内心为他辩护了一会儿，有黑道背景的导演可能的确有比较奇诡的成长道路，两旁坍塌的不是一座武林也不是红白机，而是……尸体。紧接着我就觉得作为一个多少还希望赚点钱的编剧，我更应该跟一个成长道路两旁倒塌武林和红白机的男孩相亲，而不是一个……看起来还蛮独立的电影导演。

导演解开了衬衫第二颗扣子，一道可怕的疤痕露出冰山一角。总算有了些黑道的感觉，我稍微踏实了一点。

“听说兰导有一些比较特殊的成长经验……”

“比较特殊的成长经验？”

“就是，那种，比较酷的、不能随便跟人说的……”我压低声音，“触犯我国司法条例的事。”

“哦！”导演在我的提示下眼睛蓦地发亮，也压低声音，“上部片子我欠编剧的钱到现在还没给。”

“……有没有触犯刑法的？”

导演茫然地看着我。我只好换了种说法：“有没有比较有故事性的？”

“故事？”导演恍然大悟，“你早说嘛。”

“嗯？”我打开了手机开始刷社交网络，准备看看下周为公司的社交主页剽窃哪些猫的动图。

“1998 年的时候，香港回归……”

“1997。”

“嗯？”

“香港回归是 1997 年。”我头也不抬。

“好吧，1997 年的时候，香港回归……”

2

1997 年，香港回归，我上初中二年级。我们班上一半同学都聚在我家观看交接仪式的直播，因为我家有镇上最大的电视。我家也是镇上最早有电视的，来看电视的人越来越多，一开始是小孩，后来是大人，他们带着玉米粒，我家祠堂就变成了镇上最大的赌场。赌的方式很简单，抓一把玉米粒摊在桌上，赌单双。一晚上出入好几万。再后来，也就没人看电视了。

镇上有对挑馄饨担子的父子，姓柴，父亲叫柴大，儿子叫柴二。两人老实巴交，柴大挑了一辈子馄饨担子，后来老了，就把担子传给了柴二。这两人虽然老实，辈分却很高。我们那里非常讲究辈分，名字不能乱喊，比如这柴二，镇上只有辈分极高的老人家才能对他直呼其名，我们看到他，只能喊柴哥。

本来我家的赌场也不是全镇最大的，最大的那家是胡家开的，胡家的老大管着赌场，一向以心狠手辣闻名。他手下好几十人，基本都背着人命，是当时最大的势力。胡家老大要砍死的人，非死不可，我们那里的规矩就是砍人必须砍到死，这是给自己留活路。有回胡老大砍的人还剩了半口气，被送到了县城医院，正在手术台上抢救，胡老大听说没砍死，带了几个人冲进手术室，在手术台上把人活活砍死了。

就是这样一个人，有天走在路上，正好柴二挑着馄饨担子迎面走来，他也不知是一时兴起还是喝多了酒，喊了他一声“柴二”。按照辈分，他不该喊柴二。柴二听他这么喊，只“嗯”了一声，胡老大又喊了一声“柴二”。柴二一言不发，挑着馄饨担子走了。

没过多久，胡老大的赌场门被踢开了，说是赌场，其实也就是一排长屋，里面摆着桌子，每天从早到晚都有人在这儿丢魂失魄。胡老大当时刚撒下去一把玉米粒，柴二踹了门进来，拿着一把砍刀一刀下去，胡老大的头就掉了。没掉下去，还连着一点皮。

谁也没反应过来。哪个能反应过来？七八成手下都在屋里，没一个人敢动，柴二就这么走了出去。谁也想不到他能做出这种事来。本来他家是镇上极少数不沾道儿的人，这么一下，柴二就成了替代胡老大的老大。

1997 年香港回归，我上初中二年级。1998 年我初中毕业的时候，班里没几个人继续念书，都拜了不同的码头。我大学毕业的时候，班上的人死了一半，有几个死刑，还有几个在逃。有一个全国闻名，跟张君是拜把兄弟。

我们家虽然开赌场，但还算生活安稳，我家这一氏是镇上最大的氏族，牵连较广，道上兄弟都多少有些担待。我是镇上不多的念书还算不错的小孩，家里也希望我一直念书。弟弟念书也不错，但我和弟弟都想混黑社会。在我们镇，混黑社会就是最大的前途。

当时我们都想拜柴二的码头，拜码头要投名状。我们听说柴二当时正好有个想砍的人，我和弟弟，还有当时几个小孩，就准备去替柴二砍了他。问题是用什么刀砍，西瓜刀是砍不死人的，当时人们最常用的刀是砍柴的斧头，但是也有缺点，比较钝。我和弟弟研究了好几天该用什么刀，我有个叔叔是镇上机床厂的，有天我突然来了灵感，何不用机床打磨一种新的刀？

那天晚上我和弟弟偷偷溜进厂里，准备研究开发新刀具。路上我被一个女人叫住了，回头看，竟然是阿春，镇上最漂亮的姑娘。她比我大两岁，第一次见到她是在小学，我被语文老师叫去发作业，她正在被训斥，大概是上课讲话之类的。后来我再也没能忘了她。我一直觉得她长大了是要做明星的人，自然不会把我放在眼里。

当时我上高中，她早已辍学，听说跟了镇上一个也颇有名气的老大。她叫我，是要找我借钱。我立刻把跟弟弟去厂里的事抛到脑后，我让他自己一个人去了。阿春找我开口就是借两万。原来她跟她男人吵翻了，赌博输了钱。我知道她认识我，镇上谁不认识谁呢？她也知道我喜欢她，镇上一半的男人都喜欢她。她还知道我是念书的小孩，比较规矩，找我借钱多半有用，不还也多半有用。

但我还是犹豫了，两万实在是太多了，我一个高中生，根本不知道上哪儿弄这笔钱。她突然抱住我吻了起来。我没她高，她不得不稍微鞠了点腰。吻完我只说了一个字，好。

之后我到处奔走，找各种人借钱。最终竟然也给我想法弄到了两万块。我把钱给阿春的时候，她对我说了一句话。我从家里搬了出来，和她住在了镇上偏远处一个屋子里。其实第二天晚上，她就出去了，把两万块输了个干干净净。我们在一起住了三个月，她几乎每晚都出去赌钱。我们天天吵架。但那也是我这辈子最幸福的三个月。

我再回到家里的时候，弟弟已经成了柴二的得力干将。他按照我们原本共同的计划，一个人打磨出了新刀具，新刀不用砍，只用捅，在他杀掉的第一个人身上得到了极好的效果反馈。他很快受到柴二的赏识，新刀具也得到推广。我是回来找家里要钱的，结果被父母吊在家里祠堂上打了三天。三天后我听说阿春找到了新的男人，于是回到学校继续念书。

后来我考上大学，每年回一趟家。第一年回家的时候，弟弟已经取代柴二成了新的老大。那是 2003 年，全国开展打黑运动，同时毒品开始进入我们镇。谁能快速适应这股新风潮，谁就是老大。2003 年之前，柴二能够因为胡老大喊了他一声柴二就把他砍死，2003 年之后，他却因为不肯跟白道合作被我弟弟联合白道一起送上了断头台。2003 年之前的黑道总是在砍人，2003 年之后，他们都在做生意。

第二年回家，弟弟娶了阿春。他俩婚礼那天我喝得烂醉如泥。这之后，我改为每两年回一趟家。

3

“现在呢？”

“现在？”

“现在你弟弟在干吗？”面前是一堆冷掉的菜，我俩谁也没动刀叉。

“上次回去他在修公路，造福社会。”服务员端了一道点心上来，导演皱了皱眉头，“这是你点的？”

“没啊。”

“不会吧？我也没点啊。”导演无辜地看着我。

服务员冷冷地看着我们。我赶紧说：“算我的，都算我的，这顿我请。”

导演放松地笑了，服务员放下盘子走掉。

他这笑容让我对他的定位从刚刚的大陆侯孝贤瞬间回到台湾贾樟柯。“你呢？”

“我？”他不好意思笑笑，把那盘甜点拽过去，“大学逃了四年课，看完了塔可夫斯基和安东尼奥尼，谈了几次不成功的恋爱，拍了几部上不了院线的片子，连个能拿得出手的作品都没有。”

“挺好，挺好。”

“我现在就想娶个老婆，对了，你对我印象如何？”

“挺好……挺好。”

“那咱们下次啥时候见面？”

“你刚说你下部片子讲的什么来着？”

“哦，讲述了一个乡村背景的青年长达半生的爱情羁绊，荡气回肠，令人扼腕，终成眷属。”

“……刚才不还是悬而不决、大快人心、感人肺腑吗？现在就变成《神雕侠侣》了？”

“咦，这名字也不错。哎，你不是记得嘛。”

“我光记得形容词了。对了，你说这是纪实半自传体作品，所以讲的就是你自己的故事咯？”

“没错。”

“女主角是阿春？”

“是啊。”

“兰导，有个细节你好像漏讲了，你把那两万块给她的时候，她跟你说了句什么话？”

导演还没回答，我的手机响了，于是起身出去接电话，是老板打来的。“小王啊，怎么样？谈得还可以吧？”

“挺好，挺好。”

“看对眼了吗？”

“不知道，得问了星座才知道。”

“那别问了。”

“啊？”

“赶紧回来写剧本。”

“啥？”

“其实吧，这不是我给你安排的社交活动。”

“嗯？”

“是公司给你安排的。咱们最近这个电视剧不是瞄准了相亲题材吗，所以公司就让你来体验体验生活。”

“What the ... surprise！”

“聊完了吧？赶紧回来，公司请他可是按小时计费的。”

“按小时计费？他是你们雇的群众演员？就为了骗我体验生活？”

“怎么会是群众演员呢！群众演员能按小时计费吗？人家上过星的。”

“谢谢公司对我的栽培。”

“回来谢吧，用三天交一集剧本来谢。”

“问题我现在突然走开不好吧？聊得挺好的呢。”

“你不是还没问星座吗？赶紧告诉人家你是处女座的。”

老板“啪”地挂了电话。我内心复杂地走回座位，导演又解开了第三颗扣子。一位有黑道背景的导演？哈，哈，哈。

“你这个疤痕贴哪儿买的？”

“啥？”

我把袖子撸起来：“交流一下呗，你看我这个，逼真吧？店址我回头发你啊，青龙白虎，道士下山，一代宗师，什么都有。”

导演张口结舌了数秒。

“加个好友？”我摇摇手机。

“把所有套套都带上。”

“嗯？”

“你不是问我把钱给她的时候，她跟我说了句什么话吗？她说的是，把所有套套都带上。”

我笑了笑：“这句话做小说标题倒蛮好的。”

“哈哈，是吧？那，加个好友。”他拿起手机递给我，这时一通电话打来，我看了眼来电显示，这次轮到我愣住了。

那上面显示：阿春。备注是：老婆。

导演掐掉了电话：“不好意思。”

“不接？”

“工作时候不接。”

“你结婚了？”

“对啊。”

“那还来……”我示意了下周围。

“这是工作，都是演戏啊。”他又一次无辜地看着我。

我笑了，我们加完了好友。“单你来买的噢。”导演拿起包，准备离开。

“等一下。”

“什么？”

“你是哥哥还是弟弟？”

“你猜？”

《风的安全法》补充资料一编

资料来源：(略)

连续几日糟糕的雾霾状况后，天气突然变得好了起来。具体是哪一天已经没有人能说得上来了。每个人都十分高兴，缭绕在一些堕落青年身上的忧郁也消去了不少。儿童虽未因天气产生什么心情波动，但他们敏锐地意识到父母之间持续很久的对抗情绪缓解了，母亲对待他们的态度从晚餐的准备情况上直接反映了出来，父亲则恢复了在饭桌上畅谈政治的爱好。是风的功劳，有人说。所有人都点头同意。一阵不知从何处刮来的风吹开了这片雾霾，城市重现了它本来的样子。每个城市的人都衷心赞美这阵从隔壁城市刮来的风。千万别离开得太快。人们暗暗祈祷风能在自己的城市尽量多停留一阵。

也就是过去了没有几天，事情变得不对劲起来。家养宠物是最先意识到这一点的生物。它们先是整日整夜在屋内踱步，继而全部聚集在了房间的中心地带。只有当必须要解决内急的时候，才猛地窜至宠物用厕所，然后又没命般跑回房子里最中间的位置。当狗还如雕像般守在中心的时候，猫已经察觉到这不是一个最佳方法，可能是最蠢的。它们不顾主人三番五次的呵斥，躲进衣柜里，蜷缩在海洋般柔软的天鹅绒大衣里。因为固执，它们中的不少因此被扔出家门。据后来的统计，这是它们中最先逃生的那批。而乌龟，直到今天它们也没有离开过客厅中央的那块地砖。

就像往常一样，主人们并未对宠物的这些反常行为给予过多的关注。他们只是隐约感觉到这几日的膝头轻松了不少。报纸上一块儿不起眼的地方刊登了一则小学男生在上音乐课时倒毙室内的新闻。许多年之后，一位史学家手握微缩胶片微笑满满的照片登在了同样的报纸上：政府因他考证出有关这次大事件的第一个有记载的历史资料，奖励了他一套新建的内陆住宅，从平地往下足足三层。最深的两层他用于书籍和纸质资料储存。自己和宠物则居住在靠近地表的那层。人们为他的勤奋和牺牲感动不已。

就在那位小学男生故去不到一日的时候，小学隔壁的另一所学校（同样是一所小学），也发生了一起十分相似的事件：一位女生在音乐课上突然面色可怕地跌倒在地，双手抱头，浑身扭动。当时，他们的老师，一位性格傲慢、整日囚于怀才不遇痛苦的钢琴女教师，正点名要这位女生上去弹奏一首简单的曲子。女生在座位上犹豫，迟迟没有上前。女教师正待发怒，女生突然倒下。女教师还以为这是学生常用的欺骗伎俩，倒要看看她怎么演下去。直到她挣扎了数分钟后再也没有任何反应。女教师才面色惨白，意识到这份教职到此为止了。

之前那所学校的校长在当日午饭时听说此事后大松一口气。他心情愉悦，在办公桌上小憩片刻，便拿起电话，准备向痛苦中的男生家长打去第一个问候电话。他已经计算好了第一句话的语气。对方没有开口之前，决不能开口。他最后一次告诫自己。结果，就在他伸手去拿电话听筒的时候，电话猛地响了起来。他吃了一惊。去接电话的手不知怎么有些颤抖。食物中毒，电话里的声音十分急促，他们全都倒下了。校长沉吟片刻，建议这位慌乱的男教师立刻拨打急救电话。我已经这么做了，他说。

同一天，校长接到这个电话的两小时前。与两所小学相邻不到三个街区的一栋高层建筑里，一位供职于律师事务所的普通职员，正戴着耳机听二十年前流行的曲子。由于昨夜的狂欢他睡过了头，整整迟到了一个小时。他打开邮箱，发现有一封来自女友的邮件。他心不在焉地打开了信，这时正播放到曲子的三分二十秒附近。他最爱的一段旋律即将出现：二十年来有许多人声称喜爱这首乐曲，对乐曲主旋律部分的研究无数。只有他喜爱这首曲子最平淡的部分。“见信好，基于这段时间以来你我之间关系的变化，我觉得我们还是……”有人拍了拍他的肩膀，他吓了一跳，是大执律。干死他们，大执律说，一边比出了必胜的手势。他没有听见对方在说什么。音乐覆盖了他。

多年后他仍然不能明白是什么样的机缘使得他恰好避过了那次灾难，成为整栋大厦里唯一一名生还者。后来参加女友的葬礼时，他留在了最后，悄悄拿走了人们献于女友坟墓上的所有花束。所有人都以为他们在最后一刻依然相爱如初。直到自然的衰竭降临，带走他的最后一刻，他才有所悔悟。我不配成为唯一那个活下来的人。他想。

没有人注意到这样一个巧合，这名生还者也是那个死去男生就读的小学毕业的。或许曾经有人注意到过，但是由于实在没有什么意义，很快便忘了此事。这一天，这栋大厦每一层的厕所垃圾桶都塞满了几日来积累的卫生纸。因此虽然天气不错，在这栋大厦工作的人情绪却不佳。他们满腹牢骚，抱怨大厦的管理部门实在不负责任。由于经济不景气，两年来一直要求提高待遇的二十三名清洁工人在几日前宣布集体罢工。

位于十五层及十六层的律师事务所在前一天已联名向大厦管理层下发最后通牒，要求他们立刻解决大厦的卫生问题。所有人都没有想到他们自己制造垃圾的能力竟如此惊人。于是，在这天早上，管理层的一位领导向罢工总负责人打了一个电话，要求他立刻恢复工作。这时，那位律师事务所的生还者才刚刚起床。

罢工负责人是在家中享用妻子准备的早餐时接到这个电话的。这是罢工后才能享受到的事情。他们的儿子已经在学校开始上第一堂数学课。电话铃响了，妻子面色阴沉地转交给他。是找你的，她轻轻哼着。听着，你必须马上恢复工作，电话那头叫道。呼呼的风声从电话里传了出来，也可能是窗户外面。把窗户关好，他示意妻子。当妻子走到房间另一头准备关紧窗户时，她注意到邻居家持续一夜的哭声此刻停止了。太可怜了，她想。紧接着，哭声以更缓慢的调子重新响起。她“啪”地关上了窗户。

关上窗户的声音惊动了正停留于屋顶上休憩的一只

鸟。它扑着翅膀重新开始飞行。当它再次降落在一所教堂顶部的时候，幸运地找到了一条千辛万苦爬至此处的青虫。它向前跳跃几步，张嘴欲啄，一阵风将眼前的食物忽地吹走了。这几天以来，这种事常常发生，它此刻已饥肠辘辘。它想仔细寻找这条青虫，也许没有被吹走很远。头顶传来不同寻常的声音：风信鸡被吹得疯狂转动。它吓坏了，立刻离开了这座城市。

此时若以它的视角从空中俯瞰，能看到市中心一座高层建筑朝南的街道上，有一个奇怪的黑色圆圈。只有下降几百米，才能看清那是一个由人组成的圈子。他们每个人都举着一块牌子。“我要吃饭”，有的牌子上面这样写。“我要给孩子交借读费”，也有这样写的。有的人因手腕酸痛将牌子绑在了身后的栏杆上。每当急速的风将牌子吹得倾斜，他就要重新将牌子扶正。你应该自己举着，其余的不挨着栏杆的人严肃地建议他。罢工总负责人没有在意这样的细节，他正全神贯注于大楼的正门。那后面，同样坚守着大楼的管理层，他们在几个保安的簇拥下显得高贵而蠢。中间那位秃顶的胖子可能就是打电话给我的，他猜测着。保安中有几个与他还算有点交情。他们从来都是靠不住的，他看着他们悠闲地点烟。不过，他沉得住气。

事后，人们回忆起这次事件——奇怪的是，他们不是从这一天开始回忆的。预兆很早就发生了。人们不约而同地这么说道。他们中那些喜爱在深夜进行阅读和创作的人，急不可耐地在报纸上撰写回忆文章：我清楚地记得在此之前的三个晚上，头疼和耳鸣就已经出现，这让我很难把注意力完全集中在书上……我将门窗关紧，但还是感到有呼呼的风声倒灌入耳，于是我再次走到每一扇窗前确认声音的来源。但这些文章多数因掺杂太多个人感悟和私生活而被认为毫无参考价值。多愁善感的文学家。那位获得嘉奖的历史学家花了数个月的工夫在这些私人回忆文章上，最后因一无所获而恶狠狠地咒骂。

但他们说的不完全是错的。耳鸣、恶心和幻觉，这个体验在很多人身上得到了证实。那个头一个死掉的小学男生，在死去前一个晚上曾向父母提到过自己持续数日的不良反应。他的食量已经减少了三分之二有好几天，他的母亲却没有注意到这个反常现象。他的爷爷则忙于对乌龟不愿离开客厅中央这件事忧心忡忡。它一定是生病了，爷爷数次在饭桌上抗议母亲对家中事物的忽视。可怜的男孩转而向爷爷倾诉身体的难受时，他怒斥男孩，先想想它发生了什么吧，它比你的岁数都大。父亲，父亲出差，很久没有回家了……他躲在房间整晚想念父亲。

类似的反常情况还有，男孩所在的学校，早晨的出操情况明显差了许多。校长连续几日发现，每一天早上，出来做操的学生都在减少。学生们是怎么了？在例会上他没有这么问，而是让老师们注意现在是什么日子。距离期末的教师评比还有不到一个月了。他说。他沉浸在自己的讲话技巧里，没有发现除了他自己，所有的老师都萎靡不振。他们全都走了神。其中一个男教师脑中浮现出一些片段，那是一个深受他喜爱的女学生，一个优等生在解释为何没有出去做操。我忍受不了那个音乐，她说。它让我脑子很疼。她快哭了。这个片段只是一闪而过，很快便被那种闷闷的、像在水里的感觉重新取代。这种感觉让他这几天几乎无法专心讲课。直到全班的学生在几日后全部陷入昏迷、狂乱的状态，他才清醒过来：事情已经发生了。

这场事件的初期影响对音乐爱好者是一分为二的。对于那些习惯用外放来欣赏音乐的人——他们又特别喜欢把声音开到最大，虽然这可能受到他们总想向别人推荐喜好的潜意识驱使，但毫无疑问的是，他们身上的症状尤为显著。有一部分甚至在真正的事件到来前便已住进医院。他们头疼欲裂，耳朵蜂鸣不止。再也无法欣赏自己的音乐了。甚至在脑中回想也无法做到。他们连悲哀地想到这点都没有能力进行。最严重的人的情况几乎与植物人无异。但不同于植物人的是，他们真切地感受到失去头脑的痛苦。而对那些习惯戴着耳机，在孤独中享受音乐的人来说——这么说可能有失公允，夹带道德的隐喻，事实上，他们多数是因为尚没有条件独居，和拥有一台大功放的顶级音响设备。不论如何，他们是幸运的。比那些没有听音乐习惯的人，他们因塞着耳塞而较少受到风声的影响。看看那位大楼中的幸运儿，你就明白了。

风声。现在我们已经谈到了问题的核心。起初是一阵吹散雾霾的风。这股风像人们盼望的那样，连续数日在城市中低行。它带来的效应先是立刻让人们振作起来，赞赏风的到来，接着他们忘了这股风的存在，它转而变成人们心中这几日天气不错的隐约看法。家长们纷纷制订了休息日带着孩子去公园放风筝和野餐的计划。那位罢工总负责人，本也这样计划。还有那个粗心的母亲，那个校长，那位大楼管理层的领导。他们说不定会在同一个公园现身。而那个失恋的青年可能正准备自杀。或者只是去公园散散心。风的持续性恶意将这些计划打乱了。

这个城市的多数人在连续不断的风声干扰下，出现了身体不适的症状，但没有人将之与风关联到一起。在那几日，风只是以不引人注目的状态存在，那种极低的振动频率只有宠物才能准确地辨析，它们对这种声音感到极度厌烦，不安感越来越强，因此它们努力寻找一个受干扰最弱的地方。它们不是人类，没有头脑，不知道只要在建筑物内，这种声波就会因各种共振而不断得到加强。这是人们中最聪明的那部分——有些是本地的，有些则是在其他地方赶来援助的，通过科学分析后提出的假设。“规避建筑物，向地底藏匿。”现在，在城市地面以上的建筑墙体，随处可见这类警语。

是他们的勤劳，有人试图总结出一个普适原因。没有人会因这点儿烦恼就放弃他们的工作，是他们的勤劳，他说。对于那些失业者呢？其他人提出了反对意见。是他们的懒惰，他又补充道。懒得一点儿也不在意身体了，周围响起了模模糊糊的同意声。有社会学家给出了更加权威的说法：这是一种集体性失声，沉默的螺旋，房间里的大象。心理学家立刻反驳道：这是一种心理的白噪音状况，当某种不适长久伴随于人体，大脑皮层将自动适应，将其纳入正常的信号范围中。

事实上，考虑到死亡情况和人们不可靠的记忆，试图对这个灾难性事件做出事后补偿性的分析是不可能的。

总之，在那一天到来之前，尽管人们早已体验到诸多警告式不适，却并未做出相应的避难行为。因此，当风声数日的潜伏衍变为爆发性的袭击时，没有任何准备的城市才经受到如此难以想象的毁灭。

第一波袭击是从午饭后开始的。一开始只是风力的些许强劲，但作用于建筑体之后反复加强的声音却仿佛突然提高了数百个量级。这是为什么脆弱的儿童首先受到了风声的打击。他们甚至没有来得及做出任何抵抗——哭喊，或暴力式的发泄——就已经面容扭曲地倒下。第一个集体倒下的小学班级正巧位于教学楼的最高层。那是一个重点培养的天才班。不幸中的万幸，由于是第一批倒下，他们中的多数只不过是永久性地失聪和智力受损——在将他们送往医院的过程中，救护车在第二波和第三波更为可怕的风声到来前便由于失控，卡在了一条回廊式结构的小路上，抵消了大部分的风声。

一同得以幸免于难的还有那名第一时刻拨打急救电话的男教师。在跟车的路上他焦虑得忘了窗外正发生着什么——更可能是此时他已经失聪，却并未意识到这一点。他凝视着躺在右手边陷入深度昏迷、脸色安详的女学生，拼命克制住想要拿起她那可爱的小手放在唇边深吻的冲动。泪水在他眼眶里打转。他想到一直以来存在于心中的念头：女学生因突然生病而由他护送前往医院。此时却变成集体中毒。这是对他的惩罚。他背负着这个沉重的压力，觉得此刻又是如此宁静，无声的幸福让他有点儿恍惚。

不幸中的万幸还包括那批失聪的天才们的父母，大多死于第二波与第三波风声，无须为天才们的失智度过痛苦的下半生。第一波风声只造成了最稚嫩的那部分人群的损伤，对体格强健、意志顽强的人来说，他们几乎没有感觉到命运正朝着旋涡的中心不可逆地滑去。据后来精确的资料显示，第一波风声共计持续了九分七秒。当第一波风声减小的时候，小学校长正苦于应对这次学校不可能掩盖过去的大失误：竟然几乎所有的班级都发生了中毒事件。到底是吃什么吃坏的呢？他坐下来准备打电话给学校外勤部的负责人，突然想到还不知道自己的儿子是否也在中毒的学生之列。但他还是决定先打电话给外勤部，也许只是一次普通的食物腐坏导致的呕吐和头晕。

当外勤部的负责人据理力辩时，他听到电话里传来“啊”的一声，然后是“咚”的一声。正奇怪发生了什么事，他突然感到大脑一阵轰鸣。他也“啊”了一声，然后“咚”的一声倒地。第二波风声来得极为迅速，持续时间也非常短暂，大约不到一分钟。但它所造成的后果是十分可怕的。在一分钟之内，这个城市的很多人永远地死在了他们所暂留的建筑物内。有些是他们效力大半生的熟悉场所，有些，只是过路。不管如何，还是让我们对他们保留一些敬意。

罢工总负责人接连点了五次烟，都没有点着。他有些恼火，将烟和火机放回衣服的内侧口袋。风有些大，我们需要暂时撤离吗？一个人问。他摆摆手，这点儿风算什么。再说，这时候要是来点儿狂风，不正显示了他们不屈不挠的意志力吗。一定要与对方对抗到底。他是这么想的。由于在室外，第一波风对他们来说只是足以让烟很难被点着而已。当总负责人再次将目光转向百米之外大楼的旋转门内时，他惊讶地发现自己正在目睹一个不可能的场景：对方接二连三地抱头倒下，神色痛苦。发生了什么？他有些混乱。是敌方采取的新方法吗？他看着一个熟识的保安口中的烟比人先掉落在地，觉得对方如果这么幼稚实在是有些不可思议。他觉得此刻风变得真的有些大了，但他还是重新掏出了烟和火机，准备再试一次。

就在位于一层的大楼管理和保安们一个接一个倒下的时候，大楼几乎所有楼层的人都已经殒命。而那位戴着耳机沉浸在失恋的苦恼中的年轻人，此刻正循环播放那首音乐，并将音量开到最大，企图减少一些女友邮件所造成的不真实感。他没有去吃午饭，觉得肚子有些饿了。但饥饿对他来说又算得了什么呢。一个小时后他决定报复。当他起身时，第三波风声刚刚结束其长达四十分钟的狂躁式低频攻击。他迈出所在的工位，发现所有人都睡着了。太不应该了，他想。

谁也无法解释数量不多的幸免于三波风声袭击的人所拥有的共同特征是什么。诚然，有些人是因为耳朵堵塞，偶然避免了灾难。但更多人的幸存，却完全找不到一个共同的、唯一的决定性因素。这成了后期政府邀请的国际专家拟定防护措施的一大难题。也成了音乐、大气、医学、物理、心理学等学科领域长久争论的一个问题。不光如此，对于这次举世震惊的灾难，几乎所有的人都在思考，这种新型自然灾害的出现究竟意味着什么。几位著名的哲学家宣布要从根本层面修改他们长达大半生所坚持的理论。而许多宗教人士则完全改变了对一些圣典进行解读的思路。

事件结束不到半年的时候，几位导演曾搭乘特别的交通工具前往这座几乎已经成为地上空城的城市做实地考察，想趁此时尚有残余的小范围微弱风声，拍摄一些素材，好为日后拍摄这类题材的影片储备资源。其中一位导演的妻子因反对丈夫不计后果的冒险扬言要重修婚前协议。只有几家小报兴致寥寥地在不起眼的地方刊登了这则花边新闻。他们都盼望着导演以多线索交叉剪辑的方式重现这场全世界都好奇的事故。导演自己则为着道德上的义不容辞公开拒绝了妻子的叫板，避开同行独自到达了这座城市。只是在他到达之后，才失望地发现并不能感受到传说中尚有余声的说法，凭借小型的斯坦尼康，也无法在视觉上表现风声的威力。而所谓城市的残垣，也不过只是一些恐惧的人们在第三波风声绵长的袭击时，因踩踏和混乱造成的人为公共财产损毁。这和那些真正大场面的灾难遗址相比，实在连复原式的模拟公园都算不上。更像是斗殴后的花园餐厅。离开城市后的第三天，导演发现妻子的叨叨变成了千军万马在脑中回荡，才对未听从妻子的劝告追悔莫及。他隐瞒了身体的这一变化。因为某种不为人知的心理。

第三波袭击是让人留下心理阴影的罪魁。如果前面并没有对这种罕见的灾害做出令人印象深刻的描述的话，至少人们应该知道关于它的第一个常识：风声的袭击程度严重与否，与风力的大小、方向，水平和垂直运动的分量，表现形式，当时的空气构成和气压，风中裹挟的杂质，等等，都并无关系。直到今天，关于这一灾害的研究领域也尚在发迹之中，它并不比麦田怪圈神秘，也不比完美的真空明晰。各个学科都试图将它套进自己的范式，从而消化吸收这个当代的大历史事件。遗憾的是，诸多神秘学也在暗中争夺对它的解释权。

只有那些亲历这一灾难的人才能明白风声究竟意味着什么。在第三波袭击到来前，那些并未丧身于前两波袭击的人只是感到有点儿发蒙。他们的认知与现实有点儿错位，不知道眼前的这幅可怕景象到底是由什么引起的。在他们的感受里，只觉得身体这些日子以来的不适有点儿加强。一位幸存者在接受邻国国家电视台所委派的记者采访时表示，他当时正在参加一场临时的示威性罢工，风的确有点儿大，但有时又明显小了下去。到后来则是持续性的有节奏的吹拂。我们的头儿，他说，坚持要在那里等着看对方究竟在玩什么花招。但我已经有点晕了，可能是太阳照的，他说，当时我是这么以为的。

正因为对这一事件的研究还处在模糊地带，人们，尤其是其他城市的人更加不能放松对下一次灾难到来的警惕。包括几乎未受到影响轻松度过整个灾难的二十三名罢工市民在内的所有幸存者，在事件过后都转入政府临时建造的地下防空洞生活。后来干脆新建了一座不大的地下城市。地上则成了几乎完整的空城。尽管媒体以充满洞见的、贴近事实真相的态度传播了这次事件——一篇关于此次事件的非虚构写作还获得了当年的普利策奖，其他未遭受过风声袭击的城市的市民，却很难真的建立起相关的严肃认知。从暗地涌动的旅游业新兴线路就能一窥人们的真实心理。

他们好奇的原因还在于那些幸存者大多不愿意对这次事件做出详尽的回忆，那到底是怎样痛苦的感受，整个长达四十分钟的第三波风声袭击的过程是如何的触目惊心，在此过程中有什么鲜为人知的伟大人性故事，没有人有心情回忆。那些失聪者、半残者自不必说，其余人共同的残余痛苦主要来自精神上受到的重创。虽然尚没有认知学科的证据显示，他们的大脑部位真的有所创伤——多次实验表明他们的大脑组织与常人无异。但各种异常的行为和心理表现却伴随他们度过了接下去的半生。这些表现在不同的人身上也是不同的：有些人与噩梦做伴，有些人再也无法享受曾经喜爱的食物，有些人对某种颜色产生极大的恐惧，有些人则永远丧失了尴尬这一心理体验。最近有消息表示，某大学实验室已证实一些令人激动的关于风声的音韵上的关联证据。但这些年来这样的消息大大小小几近千条。目前支持人数最多的理论是关于人耳的回路与风声频率的关联影响，其次是大脑对节奏的最佳适应性结构与风声频率的关联影响。人们似乎认定风声的频率是它的核心属性，但在真相到来之前谁也不敢打包票。

现在，我们已经知道的对抗风声的几点防御措施不外乎：风声来袭时，切勿躲藏于大型建筑体内；如连续三日以上感到耳鸣、头晕、胸闷、幻觉、水下式体验，请立刻去医院做风声综合检查；如风声来袭时来不及逃出建筑体，请用耳塞或类似物体堵住耳朵，并将室内尽量封锁，可使用布料、胶布等封严窗户、门处的缝隙；请勿喝水；请勿效仿宠物蹲坐在室内中央部分；请勿尝试凝神屏气，而是尽量让大脑处于混乱的高度亢奋状态；无论逃过第几波风声袭击，也不要放松警惕，下一波袭击也许就是针对你的身体特征的，切记切记。

有时人们，特别是那些苦苦挣扎于风声研究的科学家们，倒是隐隐盼望再来一次致命性的风声袭击，好让他们的理论成果能够往前更进一步。人们深信经过数年的研究他们已经做好了抗击打的准备。再说为了真理牺牲一座城市、一点微不足道的小人物又算得了什么呢。没有人对风声是如何停止的产生兴趣。这也难怪，因为当时的景象实在难以解释：那个头一个死掉的男孩的父亲接到孩子死亡的通知，匆匆赶回这个城市。当时最后一波袭击已经快要结束。他是先注意到车站不寻常的景象，才感觉到头上被什么东西击中的。雨，是雨！他指着天空叫道。

在期待之中

1

快来！下午的时候老王打来电话。快来快来。他一个劲地在电话那头催促。什么事？我问。这是周日，我很珍惜周日的时间。大事，来了你就知道啦。电话里我很难判断他的语气。你先说清楚，不然我不去。老王的电话已经数次让我为了一点小小的电脑故障跑到公司去，他每次都是这么跟我说的，大事。后来我才明白这是他的说话风格。这让我有理由不再相信他的“大事”。说不清楚，电话里头没法跟你说清楚，你来嘛，来了就明白啦。重启吧，我说。什么？重启一下你的电脑，重启你会吧？什么重启，跟重启没关系，再说，我也不会重启啊。就是主机箱电源按钮下面那个小一点的按钮，你按那个。都说了跟重启没关系了。你按那个，你按一下就好了，什么问题都能解决，真的。我极有耐心地坚持着我的建议。你来嘛，老王的声音突然变得软绵绵的，像一个好人，带着不容拒绝的善意。你来嘛，他说。我感到他正在一点点说服我，再有一点点可能就要成功了。到底是什么事？有什么事电话里不能说的？你说说看，不说怎么知道说不清楚。老王不作声了。你不说清楚我是绝对不会去的，我又说了一句。说完我才担心这句的语气是不是伤害到他了。那头继续沉默着。我有点儿慌。沉默了一会儿，我妥协了。要不，我还是过去看看吧？好，我等你，老王爽朗的声音让我懊悔不已。你最好还是在我到之前重启一下试试，我抓紧再次强调了一遍这个建议。但是老王已经挂掉了电话。

见到我的时候，老王非常高兴。他是笑着的，一点儿也没有麻烦别人所应当流露的那种不好意思。这让我很不舒服。实际上他总是带着天真的愉悦，邀请别人来帮他处理一些个人工作上的小困扰。你总算来了！他微微有些激动。怎么了？电脑又出什么问题了？尽管心里已经提前烦躁起来了，我还是努力让自己表现得平和一些。不是电脑，这次不是电脑出问题。这一次老王确实兴奋得不同寻常，甚至有些紧张。会出什么事呢？我在心里开始真正重视起老王。是好事还是坏事？工作上的吗？跟我有没有关系？我紧张地盘点着最近以来的记忆。那是为了什么事？我问。老王转身，坐回他的椅子，指指他的电脑，示意我看。我俯下身去，闻到老王身上一股淡淡的香味。是什么味道呢？香水，应该是的。那么，是谁的香水呢？他妻子的吗？不对，他没有结婚。什么？你让我看什么？我直起身子，这股味道就消失了。看这个，老王说。我又重新俯下身，越过他整个头部，努力看清楚他的电脑屏幕上的东西。一封邮件？我问。对，对，你仔细读一读。我保持着这个弯曲的姿势，想找到一个手肘可以着力的地方，但是没有。老王的桌子被文件、烟头、零钱、用过的抽纸、笔、曲别针等各种各样的东西堆满了。他等了我一会儿，然后才意识到应当站起来，把他的座位让给我。你坐我这儿看，他说。站起来的时候他的衣服勾到了桌子边缘的烟灰缸，烟灰缸掉下来发出的声音在空荡的办公室里回响。这让我吓了一跳。到底是什么事呢？你坐，你坐。他拉我坐下。是一封字体花里胡哨的邮件，乍看之下，就像是我每天总要收到的垃圾广告。紧张感消失了，我预感到这又是一次因老王的愚蠢而连带受到的愚弄。安心和失落即将接连到来。你让我看的就是这个？这封垃圾广告？我扭头问。老王正弯着腰蹲在地上捡从烟灰缸里散落的烟头。对，你仔细看看上面说的，不是广告，你仔细看看。他头也不抬地说。我转回屏幕，“请相信我们”，“这是一次你不能错过的机会”，“我们选择了你”，“你能够做到”，这些句子让我确信，这是一封常见的恶劣营销邮件。它正发挥着所能产生的最大效力：让一个不相干的人在周日从家里赶来坐在这里。

老王穿着的条纹衫领子卷起，挂在脖子两旁。在他于地面的行进中，整个领口无力地垂成了一条直线。没有什么东西能够支撑它保持哪怕一点优雅的形状。不是的。我好像听见老王在辩白。他正迈向最远的那个烟头。我构思着接下来应当以什么样的对话，将这次不够分量的大事归咎于他的自以为是，又不至于伤害到他。我在心里盘算。总之，要让他清楚地认识到，这是最后一次。老王，你看啊……

他们要签约我写小说呢，老王终于站回到我旁边。什么？我问。写小说啊，你没仔细看邮件啊？老王咧着嘴。我重新把邮件看了一遍。没错，邮件里还有这些句子，“看中了您的天赋”，“跟我们签约，十万发行不是梦”。这是假的，我干脆直接说道。什么假的？老王看着我。这个邮件啊，这些话说的跟骗子发的中奖邮件一样，难道你之前从来没收到过类似的邮件？老王不再笑了。我现在要是打开我的公司邮箱，说不定也有这么一封呢。我继续说。我突然觉得十分烦躁，之前的、所有的烦躁重新回来了。你怎么会相信这个？我突突突地质问他。停不下来了。我想，这把年纪干什么不好？在这个烂公司混着？我越想越气愤。我怎么就跟这样的人在一个地方工作了？沮丧说来就来。你倒是说话啊！

不是假的。老王吞吞吐吐地说。我之前给他们投过小说的。他手里还拿着烟灰缸，里面装着捡回来的烟头。这些你装回去干吗？直接倒掉不就好了？我说。啊？老王茫然地看我。我指指他手里的烟灰缸。是真的，我在杂志上看到他们的征稿启事，就投了以前写过的一篇小说，然后，就收到了这个。他完全忽略了我的建议，仍在辩解着。我的心里已经有千军万马踏过。为什么会这样呢？总是这种事情。我看着老王，觉察到他的语气流露出一点儿可怜的意思，而且，他的眼睛亮晶晶的。别这样，千万别这样，老王。我在心里祈祷着，千万别跟我说这些，这都是你自己的事儿，藏好了，跟我说干吗？这么一来我以后怎么面对你？一个跟我分享过秘密的人。

千万要忍住啊，老王！我也只是来这里混一口饭吃啊，老王。

哦，那跟我有什么关系？我平淡地问。合肥学派啊，他说。你说什么？合肥学派，他们这个组织，叫合肥学派。哦，是嘛，你不就是合肥人吗？

不是，我看着他，回答他的问题。我是淮南人。哪里？淮南，安徽的一个小城市。离合肥远吗？不远，不过跟合肥一点关系都没有。哦！老王想了起来。不好意思，我记错了。不过嘛，都是安徽的，这我没搞错。老王竟然又笑了。我一刻也不想继续坐在这里了。没法像这样继续待着了。我必须立刻离开这里。立刻！

2

有一阵儿除了风，什么声音也听不见。我们跟大部队完全走散了。没戏了。这里是哪儿，离下山的尽头还有多远？我不知道。我们是坐着缆车上来的。我把包从左边的肩膀换到右边的肩膀。这只是一种安慰性质的行为。现在差不多每走一百米，我就得这么换一次。我为什么要背一个单肩包？是啊，为什么呢。小郑啊，我帮你背一会儿吧。老王在后面说。不用不用。实际上我是挺想让老王帮我背一会儿的，这里头装的很多东西都是他的，我们从包车上下来的时候，导游倡导简便入山，能不带的东西就尽量别带。在老王把水和食物装进我的包里前，他信誓旦旦地保证，不到山顶，这些东西就会被他消灭掉。可是，这一路上，他只喝了不到半瓶水，剩下的半瓶捏在他的手里。还有另外三瓶都在我的包里。老王，我招呼他道。什么事？他加快脚步上前。你渴吗？我期待地问。他摇摇头，晃晃手里的瓶子。这儿还有，他客气地笑了。

路边出现了一个凉亭。我们休息一会儿吧，我跟老王建议道。行，行，老王乐呵呵的。我看得出他在想什么，甚至猜到等我们坐下来之后他会怎么说。小郑啊，你们年轻人体力还是不行啊。他会这么说。看看吧，他一定会这么说的。小郑啊，要多锻炼啊，小郑啊。

但等我走进去才发现，这个凉亭不是让人休息的。准确地说，这不是一个凉亭，是一个石碑的保护建筑。这里没有可以让人坐下来的地方。就在我研究石碑的基座宽度是否能让我半坐在上面时，老王已经直接坐在了地上。来，来，他招呼道。讲究那么多干什么，坐地上就可以啦。我犹豫了一会儿，还是选择半靠在了石碑上。这样，我与老王便产生了差距。这样的差距，足以让两个不那么熟悉的同事保持必要的缄默。我是这样想的。而且这样的距离确实起到了作用。大概有十来分钟，老王没有再跟我讲话。我们谁也没理谁，头扭向了不同的方向，好让目光错开。我看着大路，他看着远山。没有一个人对石碑产生兴趣。

一辆景点电瓶车就是这样缓缓地从我眼前驶了过去。车上坐满了人。他们已经费尽力气爬到了山顶，现在，舒服地坐在车上真正享受一番风景，不仅是必要的，也是应该的。本来我也应当是他们中的一员，但是，与老王的结伴使得我在上山的一开始就错误地听从了他的指挥。这山我太熟了！他是这么说的。上山的路很难走，是条陡峭的小石子路，而且光靠走是没什么风景可以看的。上山肯定要坐缆车的。这山我每年都要来几次。每次公司搞活动都是来这里。小郑啊，你头一次来，我告诉你，一定要坐缆车上去，才有看头。

Hi！远去的电瓶车上的人在朝我挥手。这时我才想到车上坐的那些可能是我的同事们。他们没有一个人坐缆车。至少没有跟我们一起坐。但是他们怎么会这么快就到达山顶了呢？距离我们午饭后到达山脚才过去一个多小时，这么算来，他们应当很快地就能重新回到包车上，休息，穿戴齐整，讲礼貌，吃零食。到集合的时间点还有两个小时，我和老王能准时到达山脚吗？我很怀疑。就算我们准时到了，让整车的人干等着我们这个事情总是不会变的。我有些焦虑。老王，我踌躇道。他没有听见。我看着他的后脑勺，不知道他正在想什么。老王，我又轻轻地唤了一声。他还是不动。电瓶车的声音已经完全消失了。

咱们走吧！他突然跳起来，好像很有活力。事实上，他一直表现得很有活力。正是这点让我轻易相信了他关于缆车的建议。不是为了偷懒，而是为了一个更美好的视野。我来背吧，小郑！我以为他会抢过我的包。无论是礼节还是道义，这时总该轮到他背一会儿了。但老王只是飞快地重新走到了下山的道路上。

不要着急，还会有电瓶车过去的。我在心里宽慰自己。时间不够的话，就坐车。路上的景色实在是单调。这一点老王没有说错。坐缆车上来的时候，崇山峻岭，密林微风。真是舒服。走在其间的时候，这一切却发生了天翻地覆的变化。平整拓宽的盘山公路抹消了山的看点，文明始终引领我们前进。为什么我们要走大路？我突然意识到这个问题。老王，我喊他，为什么我们要走这条盘山公路？老王走在前面，不作声。我感到自己正靠近某个真相。为什么我们走了这么久还没走出山顶的视线？为什么我得一直背着这么重的包？为什么我必须和老王结伴？我们可谈不上熟啊。

不要着急，年轻人，老王头也不回地说。你说什么？从背后来的风将老王的声音淹没了。你说什么？我向前迈了几大步赶上老王。这山我熟得很，走这条路，是最方便的。老王的表情非常认真。他突然就亮出了五十多岁年纪的人应有的正经。他不再叫我小郑了，也不笑着说年轻人。他是摆出一副极认真的样子说的，年轻人。但不是最近的，我说。我也很认真。老王突然停了下来，看着我。我被他看得浑身不舒服，怎么了，我这就冒犯到他了？

小郑。嗯？你说得对！哦。这条路不是最近的，但是，绝对是最方便的。不走近路，我有我的理由。老王又开始朝前走了。我松了一口气，跟上他。您渴了吗，要不要吃点儿面包补充一下体力？经过刚才那么一下，我感到自己不由自主地变得谄媚起来。老王摆摆手。真的不用？您看我这儿有好多您的东西呢……

哦！老王恍然大悟。来，把包给我，走了这么久，你也累了。老王说着就要来够我的包。哎，我不是那个意思……老王不由分说把包背到了自己身上。风突然改为迎面而来了，我们又完成了半圈下山的任务。小郑啊，你是哪里人啊？老王恢复了他平常的样子，亲切而猝不及防。淮南的，我说。那是什么地方？我不知道该怎么回答这种问题。从来都没学会过。一个老工业城市，小地方，离合肥不远。我说。哦！老王夸张地说，听名字是个好地方。合肥我去过，他又补充道。

突然，他又停了下来。哎哟，他说。怎么了？我问。老毛病了，我这个关节不好。老王说着说着把右手搭在我肩膀上，左手伸下去捞右腿的裤腿。这是要干吗？我有点紧张。老王像个女人似的把裤腿扒到了大腿的位置，露出了白花花的右腿。我们可真的是一点儿也不熟啊。老王指着关节那一块儿，说，看这里，看到没有，这里有一块儿突起。我努力观察着他的膝盖，希望能看到他说的突起。但是没有，一点儿异常的地方也没有。哦！我也恍然大悟状，看到了。老王满意地笑笑，把裤腿又褪了下去。但他没有就此放开搭在我肩膀上的手。走吧，他说。

该怎么走下去？我真是有点儿为难。快来一辆电瓶车吧，我在心里祈祷。坚强，我对自己说。您还是把包给我背吧——他不就是这个意思吗？嗨，老王摆摆手，哪儿有那么严重啊，就是疼一会儿，走走就好了，我背，我背，你就朝前走吧。老王的手劲极大，死死地捏住了我的肩膀，又疼又酸。往前走了一步。哎哟！他又大呼一声。还是我来背吧，我说。这次他没有作声。我只好把包重新背上。现在，谁来救救我？

吃点东西吧，我恳求老王。好吧。这一声“好吧”终于让我从这个境况里暂时脱离出来。我们在路边席地而坐，显得紧密而友好。老王把他的面包、水果、矿泉水、卤蛋、零食一样一样从我的包里掏出来，在路边摆好。它们的数量极为惊人，让我怀疑当时他是怎么一下子把它们全放进去的。我们像两个在路边坐着摆摊的小贩。吃这个，吃这个。老王热情地把吃的一个一个塞给我，应接不暇。这时没有太阳，风也停止了，身后再过几米是枯树和泥坡，叶子覆盖之下小虫蠢蠢欲动。我往前挪挪，确保自己坐在水泥路上。不管怎样，今天与自然学无缘。

小郑啊，谈恋爱了吗？老王又寒暄起来了。我没有回答。他什么都没有吃，只是把腿盘起来，手抱住腿。这个姿势宣布他暂时不会进食。只能靠我了，我暗暗想。然后撕开老王塞过来的一包包零食。他没有因我的沉默停止说话。哎呀！他倒开始感慨了。你看这景色，多怡人啊。

就在我奋力减轻自己下半程路途的负担的时候，老王把我的包又拿了过去，从里面掏出了一本极厚的书。我简直不敢相信自己的眼睛。他是怎么做到的？神不知鬼不觉在我的包里还藏了一本这么重的玩意儿！难怪我的肩膀痛成这样。你怎么能这样？我差点儿就叫出口了。但一想到自己还吃着老王的东西——而且他并不知道我吃的真实原因，多半还在为自己的大方而荡胸生层云呢，我就冷静了下来。这毕竟是在山中，人们敏感而多情。吃着吃着，我倒真饥肠辘辘起来。

老王捧着书，专心地看起来。这是什么书？其实我有些好奇。但我抱着要质问质问老王的决心，就不大好在这之前跟他聊起来，更不能提前知道这本书的存在。他突然抬头，我们的目光对视了。晚了。老王举起他的书，向我展示封皮，那是一本最近流行的官场小说。而且，看上去是盗版的合订本。我把正在嚼着的食物咽下去。怎么办？我是就此抓住机会问他，你怎么没经我同意就把书带上来了，还是夸，您真爱看书啊？

什么都没说。我只是点点头。老王把书放下去继续看。懊恼让我不知道该不该继续消灭这些食物。为什么会这样？这是哪里？为什么我会在这样一个地方，为这样的事情犹豫不定？自尊和理智之间我必须做出选择。老王，你就不吃点儿？我不客气地说。他抬起头，不饿，嘿嘿。嘿嘿，他竟然是这么笑的，嘿嘿。小说让他走了样。您真爱看书啊！气愤让我的声音有些发抖，以至于拉低了讥讽的效果。这时风又出现了。我恢复了平静。只不过是一些小事，干吗这么生气？是啊，我也不知道。

你刚才说什么？老王问。我刚才说，你真爱看书啊，上山都不忘带本书。我想这么说应该够明显了。老王眼睛发亮，是啊，我就这么一个爱好。你呢？我摇摇头，没你这么爱看。唉，那是，他说。我这是因为小时候没有书看，后来能看了，什么都想看，什么都爱看，一看就停不下来。老王谈兴大发的样子。为什么会这样？我到底干了什么？如果老王不立刻停止他的忆苦思甜，我可能会做出疯狂的事来，我想。想到这儿，我有点害怕。事情没法控制了。老王眉飞色舞，好久都没有像我这样的年轻新同事与他困在一起。他要发力了。

我陷入了昏沉之中，除了风声，什么都听不见了。浑身的疼痛和劳累仿佛也一齐消失了。走了这么久啊，我反复地想，走了这么久。一阵咕噜咕噜的声音把我拉回现实。很快，这声音就变成一股想要排泄的紧张欲望。我清醒而冷静地意识到，这一定与刚刚吃下去的老王的食物有关。我必须有条不紊地处埋好这个事故，不诉诸慌乱和情感发泄。

老王，我站起来对他说，我要找个地方上厕所。啊？老王还沉浸在口舌的兴奋中。那怎么办？他脱口而出。小说让他走了样。他不再是那个对这座山了如指掌的老王了。他慌了。这前后应该都没有厕所啊，他说。没关系，我平静地说。

我走到路的两旁看了看，观察了一下地势。在靠近坡的那一侧解决看上去有些风险，不够稳妥。靠近山体的那边则有一块不大的平整的土地，可没有植被覆盖。但是已经过去这么久了，这路上一个人也没有。不会这么巧有人经过的吧，我想。

老王，我沉着地吩咐他，我到那边解决一下，你在前面帮我挡一下？好，他爽快地说。经过刚才这番交谈，他对我的态度已经不一样了。小说让他走了样。我没收拾地上的包、食物和垃圾。已经快来不及了。老王背过去，站在我前方半米的地方。蹲下去的时候，我有些犹豫，是面朝外面，还是面朝里面？

面朝里面吧。我蹲了下去。不过，老王在前方，还是让我有些紧张，我的大脑在不自觉地控制着我的括约肌，没法立刻放松。拉吧，拉吧，没什么好担心的，我对自己说。这时，一个熟悉的声音突然就出现了。是电瓶车！它来得毫无预兆，仿佛从地下钻出来一般。我还没有反应过来，它已经载着游客们驶到了我的面前。我说错了，是驶到了我的背面。怎么办？是立刻站起来穿好裤子，还是蹲着不动？我认真地思考这个问题。它到底载了多少人？我试图从声音的嘈杂程度来判断。但是失败了。实在是过于安静了。他们怎么了？是被眼前这幅景象震撼到了？还是在不动声色地看着这个被内急所困扰的倒霉的家伙呢？一时间，我无法判断自己是否已经成为这个舞台上的中心。也许一个人都没有，也许他们正好面朝另一个方向，或者被劳累所裹挟，完全没有注意到这个不寻常的事件正在一旁缓慢地发生着，几乎要凝固成一幅画。也许这一切都是我的想象，我的幻听，根本没有什么电瓶车，根本没有，我只是太累了。拉吧，拉吧，你还在等什么呢。他们在笑吗？还是面无表情？还是相互使着眼色，捂着嘴，努力不让自己发出一点儿声音，好迷惑这个把屁股对着他们的家伙。拉吧拉吧，他们在做无声的劝服。他们会是我的同事们吗？我紧张得手心都出了汗。前面开走的电瓶车上朝我挥手的真的是我的同事们吗？他们怎么会这么快就下山呢？还是，只是一个无聊的人在朝另一个无聊的人做一些警示：你就要倒大霉啦。原来如此，所以他们不好意思发出一点儿声音。不是为了避免我的尴尬，而是他们也没反应过来应当如何将这一幕处理成无伤害喜剧。只有沉默，沉默能暂时地让我，他们，老王，我们大家都不约而同地快进掉这段时间。让它成为我们记忆中共同的、永不磨灭的空白。如果我刚刚选择的是面朝外面呢？事情是变得更好还是更坏了？我会避免想象的折磨还是陷入更大的直面窘迫的惨境？时间过得太慢了。

你怎么那么流氓呢！一个声音吼道。终于有人知道应该如何反应了，但他也犹豫不定，不知该选择什么合适的词语对此进行抨击。我的脑子嗡嗡作响。这时，老王这个暂时消失在我的想象画面中的人重新出现了。你说什么！他喊道。谁流氓了？上个厕所怎么流氓了？啊？他还是个孩子呢！老王竭力为我辩护。他还是个孩子！带着颤音。电瓶车一下子就开过去了。我依然蹲着。

接下来的路程，我始终沉默着。老王安慰了我几句，这让我有些尴尬。但是，只有那么短暂的一刻。我的大脑为这一事件迅速开启了补偿机制。仅保留了对老王的生理性的感激。记忆将其他的情感切除了。到了山脚，上车之前，我郑重地握住了老王的手。老王，谢谢你。他也十分感动，没什么，都过去了。然后接过了我的包，取出了食物和那本沉重的书，将垃圾留在了里面。

3

我印象中最后一次跟老王发生的有意义的交流是这样的：小郑啊。他在 QQ 上喊我。什么事？过了十分钟，我才回复他。一段长长的文本立刻占满了我的聊天窗口，拖到上面好几行，才看见开头。辞职申请。看见这四个字，我本能地警觉起来。你要辞职啊，老王？你先看看，我这么写合不合适。我又重新拖上去开始看，很好，很合适，虽然过于热情，而且难免啰唆，但对于辞职信来说，这都是可以容忍的。为什么要找我商量？我想的却是这点。你真的要辞职啊，老王？我又打了上去。是啊。为什么呢？申请里都说了呀。老王带着小小的埋怨。哦，好吧。你觉得怎么样？什么怎么样？这辞职申请写的，有问题吗？没问题！我鼓励他。

过去了一个月，老王仍然待在他的工位上。老王，你的辞职申请提交了吗？我不由得对这件事关心起来。又觉得这样问，显得我是在催他离开。一开始，我很难相信他是真的因为申请里写的理由提出辞职的。老王，都发生了这么多事，你还不肯跟我说实话？其实我很想问他这句。但是，真的发生了什么吗？我很怀疑。我怀疑我跟老王不过只是泛泛之交，跟我和我的其他同事的关系没什么两样。也许，他只是被什么事情拖住了。会是什么事呢？我知道他没有老婆。也许是一些正在悄悄自我运行的事情。

就是因为这样，我才不情愿地注意到，我的同事老王正在发生一些细微但显著的变化。这些变化让我有些吃惊。但我不敢——也没有理由——跟别人分享这个发现，更无法询问他本人。我有点害怕我的同事们，但更害怕正处在这种变化之中的老王——这不意味着我们曾经没有亲密过。我注意到的第一件事是老王做的 PPT 的改变，不再正经，呆板，单调。他开始用一些更加丰富的模板，尽管多数不合时宜。对标题的处理夸张而花哨，用少见的蓝色和紫色，微软雅黑取代了宋体，字号大得撑满整个一列。他用整整一张来放一句话，或一个观点，以求得某种效果。表格则浓墨重彩，整齐规律。

后来我发现，这只是变化的表面现象的其中一种。若仔细观察他的面部表情，说话的节奏，掐灭烟头的动作，跟人打招呼的方式，会得到更为深层次的结论：老王变得沉重了。不是形容词意义上的沉重，是整体的、综合的、全面的、行之有效的沉重。果断的沉重。他站在那里，只让人觉得，是一个沉重。这种沉重，是心里藏着许多许多事情引起的，对于人的整体状态所外显的感官上的变化。他的这种状态很难不影响到我。毕竟我们是每天都要见面，打招呼，共同经历过一些事情的同事。老王，你怎么了？我真的很想关心他一下。但是，这合适吗？我很怀疑。

其他人都没有看出老王的这种变化。老王，来啦。他们和老王打着招呼，开风趣的玩笑，真诚地赞美他的新衣服，对他热情的帮忙表示感谢。在礼节之中他们忽略了细节。老王。他们的声调沉着，不疾不徐，有力量。我无法做到。老王！我必须全神贯注，这么喊他。

上班的间隙，我仔细观察他的一举一动，为自己的敏锐陶醉不已：老王变得很少找我帮他修电脑了，这说明他的理解力和智力都在一点一点进步。老王烟灰缸里的烟头显著变多了，变得更多了。这说明他在从事一项有价值的、需要消耗大量精神的地下工作。与此同时，老王工作积极，不仅丝毫未见有辞职的意向，还频繁进出领导的办公室，反复修改工作文档，以求完美。他和同事进行持久而不连续的互动，仿佛这也是工作的一部分。我恍然大悟。老王，我知道了，你在写小说！你在体验生活。你在让自己的生活成为创作的一部分。是不是连我也成了其中的一个章节？——想到这儿，我有点紧张。老王，你成了合肥学派中的一员吧。老王，我也去过合肥的，那可是个大城市。老王，你就不能跟我说说话？随便说点儿什么。

我每天都在发现新的真相。直到老王整个儿从我的注意中消失，成了一个同事。

面试

几年前我在一家编剧公司上班，主要的工作内容是撰写喜剧剧本。剧本首先要过领导这一关。领导非常难以取悦。因为根据他的理论，我写的喜剧如果让他笑了，观众们则必定不会笑。因为他们看不懂。进去之前我还幻想了一番在充满欢声笑语的温暖集体中，每天快乐地写笑话的场景。面试时候的领导面色红润，一看就很有人性。我着实期待了一番。后来进去一见其他同事的脸色，吓了一跳，这才得知他们每天都是一边哭一边写喜剧。我立刻泄了气，但还是勉强写了起来。工作最紧张的时刻是把剧本呈交并在一旁观察领导反应的时候。只要他发出爽朗的大笑，我就知道完了。一开始我还会立刻辩解，这里我想要的其实是……他立刻变脸，冷冷地说，失败了。后来我就习惯了，干脆什么也不说，就在一旁干站着。只有一次领导从头到尾都没有笑，我实在按捺不住，小心翼翼地问，这次写得还可以？领导冷冷地说，没有，这次我笑不出来，观众也不会笑出来。这一次之后，我还没被要求走人。后来公司筹备做一部公路情景喜剧，打西游记唐僧取经的路线的噱头，号称从洛阳拍到印度。其实是打算每集都在远郊某条人迹罕至的公路上拍。因为全世界的公路都长得一样。公司准备靠这部剧震惊世界剧坛，让美国人乖乖把艾美奖拱手相让。领导在宣讲会上对投资人激动地说，这是一部将公路片的动态特征和情景喜剧的静态特征合二为一的开创式作品，虽然我们做的是在路上，但我们必将成为这一领域的里程碑。后面的 PPT 上写着 Slogan：永远年轻，永远在路上，永远嬉皮笑脸。两个投资人站起来，不好意思，我们还赶着去上 MBA。他又补充道，当然了，针对不同年龄段的观众群，Slogan 可以适当调整，比如，永远不死……投资人这才骚动起来。我嘀咕道，那为什么不直接拍喜剧版西游记呢？投资人一时又冷静下来。领导立刻道，这个比较省钱。投资人重新骚动起来。会议结束后，领导什么都没说。这一次之后，我还是没被要求走人。等到我接二连三写了几个令领导朗声大笑的剧本之后，他才表示我确实不是写喜剧的这块料。当时那部公路情景喜剧已经筹备到了高老庄那一集。我很想得开，得知被炒后还不忘职业地表示一番感谢领导栽培云云的话。我想反正我还年轻，我没法让人笑，让人哭总还是可以的吧。我就趁离职的最后一天，打了个举报电话，告诉警察北京西路有公司非法募集文青，企图通过电视操控民意。是个大案子，我用手半遮住公共电话的话筒，“东突”你知道吧。

之后大概过了半年，我接到一个奇怪的电话，对方一开口就问我是不是宜信大师。我说，我是叫宜信，不过不是什么大师。他说，哪里哪里，大师谦虚了。我们对大师防脱的方法很感兴趣，这个周日不知大师有没有空？我正准备挂掉这个莫名其妙的电话，对方突然压低声音说，一堂课五千块，放录音磁带的话五折，全是您的，我们一分钱不要。我立刻问道，周日几点在哪儿？

我没有留意那个地址，等到了才发现这里就是之前自己上班的地方。可是那家编剧公司已经人去楼空。一位头发茂密年约三十岁的男人坐在新公司的前台，一见我就热情地招呼道，宜信大师！我非常惊奇，但没有问他怎么知道是我，装作一副和他同样了解察人之道的样子。我看了一眼他脖子上挂着的工作证，伸开双臂，翔宇大师！他只是草草应付了一下我的拥抱，示意我直接往里走。我走过前台的拐角，这才发现里面挤满了人。

从最里面的房间传来一个声音，下一个是哪位大师？

我进去的时候前一位看上去至少有两百斤的大师正准备离开。我看了一眼他的头发，不禁在心里冷笑，就这个头发密度也想来竞争这个职位？他忽然转身问，你们这儿是不是要坐班？其中看起来比较像领导的面试官点点头。他说，那不行，我没法儿坐班。为什么？他问。我有怪癖，必须全裸才能写得出东西。他盯着面试官们。另外两位面试官不约而同倒吸一口冷气，只有那位总面试官无动于衷。我还没仔细想防脱和写东西的联系，总面试官就直接喊了下一位来示意他离开。

我准备充足，非常自信，一坐下就滔滔不绝地讲了半个小时防脱方面独到的见解。我甚至掏出了一本利用网络自制印书服务在三天内做好的《防脱大师》，得意地向对面的三位面试官展示。直到这时，那位总面试官才确认我是完全搞错了。我们这儿招的是反拖大师，不是防脱大师，他说。我一下愣住了，反拖？对，反拖延症。我慌了，其实……反拖延症和防治脱发之间有着非常微妙的联系。他已经没兴趣听我再讲，面无表情地说，你的情况我们大致已经了解了，我有个问题想问你。什么？你觉得自己在做人的方面有什么优点？我振作起来，我穿着衣服也能写。

由于事情发生得太突然，我回到家才觉得不对劲。我拨通了一开始打来的那个电话，问对方是不是搞错了，我对拖延症和反拖延症都不了解。他说，怎么会搞错，你不是写过一个反拖延症的说明文吗？我想了半天，才想起来之前在编剧公司上班的时候，确实交过这么一个故事梗概。我赶紧说，你搞错了，那个跟反拖延症没什么关系。他说，怎么会？我说，虽然名字是叫这个，但是那不是教人怎么反拖延症的。他沉默了。我继续解释，那个是故事，是编的。他还是没有说话。我下了决心，您听说过文学吗……

他在电话那头长吁一口气，知道知道！早说我不就明白了嘛。我也松了一口气，所以说我写的那个跟治疗拖延症……他忽然吟道，白日放歌须纵酒，青春作伴好还乡。我一时没反应过来。他说，李白嘛，文学嘛。我才明白他在吟诗。我说，这好像是杜甫……他诗兴大发，又来一句，少时了了，大未必佳！我说，这不是……他不满地说，文学嘛！我只好说，哎，哎。他余兴未了地说，明天你来上班，我们再好好地交流一下。还没等我反应过来就挂了电话。

这时我才知道自己竟然通过了面试。我一个晚上都没睡好，反复思考这些事件之间潜藏的联系。我甚至不无焦虑地想防脱和反拖之间说不定真的有什么微妙的联系。我还怀疑这压根就是前东家设下的局，他们在下一盘很大的棋，利用了我热衷于各类面试的弱点。

第二天一早，我才想到事情可能没我想的那么复杂。“纯粹是对文学的误解”，我这么安慰自己。除了我之外，还有一个瘦子和胖子通过了面试。我们三个坐在一开始面试的那个房间等待。就在我准备以一种较为轻松的心态来对待眼下的事情时，那个瘦子主动招呼道，我叫王疆。他是对着胖子说的，我也就没好意思接话。但胖子一点反应都没有，气氛迅速尴尬起来。他又说，叫我疆哥就行了啊。胖子还是没反应。我只好接了一句，哪个疆啊？他说，新疆的疆，我是新疆人。我心里咯噔一下，但还是不动声色地说，哦，你原来是干啥的？他说，我学化学的，不过我做的是瓜果生意。我一副恍然大悟的样子，正准备说两句以后成了同事可以找他买枣的客套话，他却突然又把目光扭向了胖子，你是干啥的？

胖子只是呵呵了一声。我有点不舒服，要是有第四个人在场还好，现在只有我们仨，一个不说话，就只有我来救场。我只好又问疆哥，那你怎么会来这儿？疆哥茫然地说，我也不知道，他们打电话让我来，我就来了。胖子又是呵呵一声。我心里已经非常恼火，但还是保持了冷静。你呢？他问。我说，我也是这样的。他说，不不，我是问你之前是干吗的？我差点儿说了实话，我是编……笑话的。编笑话？疆哥不解地问。我解释道，你收到过通信公司发的那种笑话短信吧？他点点头。我说，我就是为通信公司编那种笑话的。哦！他惊叹道，我还以为那些都是……都不是人编的，是机器自动生成的，他解释道。啧啧，他继续感叹，没想到背后还有个活人哪！垃圾，胖子突然说。

我心里已经气疯了，差点以为自己真的在通信公司上班。疆哥抢先站了起来，用食指指着他，你、你、你！半天也没想出来怎么说，最后气急败坏地说，我看你一会儿怎么全裸上班！我这才想起来这个胖子就是面试时候的那个胖子。就在这时那个前台走了进来，笑容满面，三位大师都来了啊？疆哥神色不自然地点点头，我也嗯嗯两声。胖子却出乎意料地站了起来，上前握住前台的手，变了个人似的，热情道，你好，葛总！

我和疆哥都愣住了。胖子又拉过来一把椅子，葛总，您坐！这时我心里已经和明镜一般，原来这个貌不惊人的前台才是真正的大领导。经常在面试传说里听到有公司会出这种下三烂的招数，没想到真的遇到了。我也不甘示弱，立刻捡起了地上的一张废纸，向垃圾桶走去。

没想到胖子立刻在背后喊道，别扔，那是我的名片。我站住了，回头道，怎么可能，哪有这么大的名片？胖子冷笑一声，你再仔细看看！我低头一看，果然是张 A4 大小的名片。上面印着王文浩三个字和他的 Title，反拖延症超级大师。我一身冷汗，这才明白已经中了这个叫王文浩的胖子的计。

这时，疆哥走上来，拿过我手里的名片，唰唰撕成数片，替我走到垃圾桶前扔掉。现在不就是垃圾了吗？他笑道。胖子一句话没说。葛总察觉到气氛不太对，招呼我们，大家都过来吧。

我们跟着葛总走到了一个有透明落地玻璃的房间。我忽然认出来这就是我以前老挨批评的地方。而之前那个面试的房间呢？我怎么都想不起来那是原来的哪个地方。今天第一天上班，刚刚你们都相互认识了吧？葛总问。胖子抢道，认识了认识了，葛总您不知道吧，疆哥以前是卖瓜果的呢。我心里嗤之以鼻。他接着说，这位更厉害，以前是给通信公司写笑话的呢！

我正等着这一刻，刚要开口说我并不是干那个的，葛总已经说道，哦？是吗？我怎么知道的情况是……他转向我，你是编故事的吧？我想纠正他，是写喜剧的，但实在懒得费劲解释，就点头承认了。胖子终于再次失利。葛总突然吟道，少小离家老大回，乡音无改鬓毛衰。我们三个都愣住了。原来葛总就是电话里的那个人。葛总见我们三个都没反应，问道，怎么样？胖子大喊，好诗！葛总道，我写的。胖子傻了。葛总问，怎么了？胖子很快地反应过来，一拍大腿，写得太好了！葛总淡淡地道，没什么，文学嘛，文学。

疆哥凑上来，其实……我也有这方面的兴趣爱好。葛总惊讶道，哦？你也爱写点东西？疆哥不好意思地说，写着玩，写着玩。葛总说，有什么作品没有？疆哥面露难色，有是有……葛总鼓励道，念出来给大家听听！疆哥说，那我就念了啊？葛总点头。疆哥闭眼吟道：我有神剑异人与，暗中往往精灵语。识者知从东海来，来时一夜因风雨。

我们都蒙了。胖子大喊，你放屁！见我们都看着他，他结巴道，这不是你写的！疆哥奇道，不是我难道是你啊？胖子想了半天也没想出来，只好向我求助，我摇摇头。不是我不愿意帮他，我也觉得这不可能是疆哥写的，只是真的不知道这是谁写的。葛总点头赞许，写得很不错嘛。疆哥道，跟您写的还差一大截呢。葛总非常得意，但还是谦让了一下，哪里哪里，我已经老了，这都是年轻时候写的，也是写着玩，呵呵。

我想起前一天葛总在电话里最后说的那句，明天我们再好好交流交流，不由得焦虑起来。我非常担心葛总随时会把这个话题抛向我。我想到以前上学的时候，所有同学被老师逼迫去参加一个背诗大赛，我意外地过五关斩六将，进入了决赛，但最后我卡在了黄鹤一去不复返的后面一句上……老师对我非常失望，我躺在床上整整一晚都没有睡着，流尽了眼泪，我想我的人生从此完了。第二天早上我决定用钱弥补这一切，我把五十块（当时我所有的积蓄）装在信封里，正面写上老师的大名，准备趁下课去问问题的时候一并交给她。然而，我前面排着好几个同学在问数学题，课间只有十分钟，我焦躁地看着手表，这一举动显然触怒了老师，她怒喝，嫌久就滚出去！我吓傻了……我又哭了。我打开信封，取出那张五十块，撕成两半！我想，让你们看看我的勇气是多么巨大！我敢撕——钱！可是，他们并没有注意到我的整个举动。我捏着钱和信封默默走出了办公室，回家用透明胶带重新粘好。但接连去了好几家小店他们都不收这张钞票……我非常绝望。可能就是因为经历过这些绝望的事情，我才能变成一个像今天这样坚强的人。

想到这一点，我立刻打断他们，葛总，咱们是不是该进入正题了？葛总愣了一下，说，对，对，既然今大是你们第一天上班，有些事情我得先交代一下。我们这个反拖延症大师班，主要是……他话还没说完，胖子就说，葛总，您不用说了，我们都了解了。葛总很惊讶，啊？是吗？胖子拼命点头。葛总不相信似的，又看向疆哥，疆哥竟然也点头表示知道了。我被他俩突然的一致搞得有些晕头转向，我正准备说，我还不知道……葛总却说，好，那我就不打扰你们思考了！他转身就走。

直到这时，我才终于认识到面试意味着什么。面试只是通往遥远无限的未来的一开始站着的那只斯芬克斯。当它提出问题之后，不管回答正确与否，我们都将从它张开的口中进入它长达一生的身体，除了前进没有其他出口。

我为自己想到这个富于文学化的表达而感到一丝欣慰，我想这可能是在编剧公司上班的那半年唯一的一点收获。除此之外，还有一些副作用，比如令我在这样的场合浑身洋溢着一种不必要的镇定。我想虽然我不知道接下来要干什么，但我至少还年轻啊。而疆哥和胖子呢……少说也有三十来岁了吧，他们毫无前途可言。至少就此刻而言。

于是我像他们一样找了个位子坐下来，这里像以前那样，放置着一个长长的会议桌和凌乱不堪的椅子。疆哥已经趴在桌上，专注地写着什么，而胖子……我吓了一跳，他竟然脱得只剩一件背心和一条大裤衩。我说，你、你想干什么？！胖子停下动作，看了我一眼，然后继续脱他的背心。我赶紧戳戳疆哥，疆哥抬头看了一眼，非常冷淡地说，他这个怪癖你又不是不知道。我说，我没想到是真的……疆哥嗯了一声，继续埋头写字。我只好找了个背对着胖子的位置坐下来。

但是这样一来，我就没法看到他们在做什么，更不晓得工作的内容是什么。我开始回忆事情的整个经过，反拖延症……我努力回想了一下写过的那个故事梗概，那似乎是为一个系列剧而写的其中一集，内容非常朴实无奇。也许这就是他们把这当成了真的是在讲如何治疗拖延症的原因。最终，我断定这就是一家帮助那种懒惰的年轻人打消做一个寄生虫念头的社会组织，一家NGO，否则怎么会不克扣我们向会员收取的听课费呢。但不多的社会经验又告诉我，也许他们会利用其他面目的把戏迫使我们为公司牟利。不管怎么样，眼下最大的问题是，我应该做点什么才能使自己从这种窘境中走出来，迈出这个职业生涯的第一步。

这房间是如此安静，窗外有鸟叫，光明的空气布满了一切细节。我不由得再次神游起来，竟然思考起了疆哥念的那首诗究竟是谁写的。我反复在心里默念那四句诗，突然意识到我一定早就背过，否则怎么会疆哥只念了一遍我就牢牢地记住了它。我很想问他，这到底是谁写的。就在这时，我才感到房间安静得不太正常，仿佛除了我之外就没有别人了。我被自己的这个念头吓到了，但是，万一这只是我的错觉，回头就是全裸的胖子……

斗争了一会儿之后，我还是勉强地开始写下第一个字。这种体验是如此熟悉，就像以前上学时做那些困难的数学考题，即便一头雾水，完全不知道要怎么解，还是会装模作样地写上∵、∴乃至一个答案，$\sqrt{2}$。不知过了多久，葛总进来了，我如释重负，这时才发现我几乎是重新把以前写过的那个《反拖延症》写了一遍。但是我还抱着光明的念头，这只是上班的第一天，我还年轻，往后我总会知道怎么做的。

葛总默默地让我们把写好的纸交给他，这时我才发现胖子根本就没有全裸，他还穿着那条大裤衩。我惊讶道，你怎么没有脱光？胖子轻蔑地看着我，你是傻逼吗？我蒙了，疆哥也似笑非笑地看着我，仿佛这个误解跟他全然没有关系。他俩什么时候关系变得这么融洽的？葛总简单地看了一眼我们写的东西，宣布我们可以离开了。我问，这么快就可以下班了？葛总默不作声。

我只好跟着胖子和疆哥一起走了出去。

我们三个沉默着坐着电梯下去。胖子在一层出去了，疆哥则继续去地下二层，那里是车库。你也开车来的?疆哥问。我茫然地摇摇头。我也不知道为什么要跟着疆哥下来，也许是潜意识里感到某种召唤。我觉得他可能会跟我说些什么话。就算是聊聊家常熟悉熟悉也好啊。我可怜地想。然而他什么都没有说。最后只剩下我一个人，在空旷的车库里差点迷了路。

后来的事情我简直有些不想再说，那家公司和前东家一样消失得无影无踪。一开始我感到非常愤怒，我竟然这么轻易地就被骗了。但事情过去了一段时间以后，我又觉得自己其实也没有损失什么，无非是一些情绪。直到我又在两三家公司干了几年，结识了不少比我成熟有智慧的人，又出国旅游了几趟，增长了一些见识之后，我才逐渐想到，那第一天所谓的上班可能压根儿就不是上班，而是一场真正的面试。

音乐影响了我的脸疼

楼上的音乐响起来的时候，我的脸就开始疼了。准确地说，是脸部位于最后一颗牙上面过去一点的位置。究竟是肌肉在疼还是神经在疼，我还没来得及搞清楚。跟牙齿健康有没有关系，也没有什么结论。但是只要楼上的音响一开，脸上的这个位置就会疼起来。这种状况已经持续几周了。也不是特别难以忍受，因此一开始，我几乎没有注意到这种我还没有为之找到名称的疼痛——难以形容。也是过了好久，才把这个痛和楼上的音响联系起来。到底是不是巧合？我不清楚。也就是那么几次，我意识到了这两件事正在同一时刻有效地进行。不会真的有什么联系吧？音乐影响了我的脸疼。有点怪异的结论。就算是有关系，那么，是和播放音乐的音箱有关？还是播放的音乐类型，声音的大小，乐理，乐律，所使用乐器的材质，乐器的表现类型，或者单单就是跟这首特别的曲子有关。仔细一想，会不会和我们之间隔着的这堵墙体也有点关系。在我更加深入地把这个问题理清之前，疼痛突然加剧了。这使我不得不中断了这个不够成熟的想法，去药店开了点止痛剂。脸痛就好了。

尽管如此，楼上的音乐再次响起来的时候，我还是感觉脸上那个位置有一点点痒痒的感觉。快要疼起来了，我在心里推测。但是每次都是将疼未疼之际，音乐就放完了。我这才留意到楼上每次只放一遍这首音乐。这是什么音乐？听了这么多次，我依然没有记住它。有次上厕所的时候，我听到门口有个男人在打电话。我到九层了，不过，好像人都不在。他说的时候，我正按下冲水按钮。水声哗哗地传出去，那个男人的迟疑传了进来。我赶紧躲到了卧室里，也不敢关门。对面的门铃装模作样地响了，紧接着就轮到了我这户的门铃。还伴随着手指关节敲打铁门的声音。咚咚咚，咚咚咚。在前后共振之下，嗡嗡的声音随着门铃一起响。就在这时我的脸又开始痒了。音乐从天而降。门外的男人和他带来的声响一起离开了。

之后我在电梯里遇到了楼上这户的户主。是什么音乐？我问。啊？电梯里就我和他两人。您经常放的那首音乐，叫什么名字？他陷入了思考。我为自己的问题后悔。提着垃圾袋，靠右侧规规矩矩地站好。这样，电梯就一下子到了一楼。门开了，我走出去。维瓦尔第。是维瓦尔第！我以为他会这么补充道。但是没有，一个字都没有传来。我走了出去。走到了完完全全的外面。

后来我想起来，楼上的这户男主人，曾经帮我带过垃圾。那一次也是在电梯里。我帮你一起扔？他热情地招呼。我迟疑了一下。我发现他手上的垃圾袋，与我手中的截然不同。那是一个黑色的塑料袋，密不透风，非常牢固。而我手上的这个，是买菜后留下的，因多次使用而疲态尽显，勉强包裹住了内里膨胀的垃圾。为了安全地捏住它我用了一些技巧。我帮你一起呗！他又说。他的头已经秃了，比我略矮。电梯的数字紧张地往下跳。他把右手的垃圾换到左手，然后伸出右手，示意我赶紧给他垃圾。快！他命令道。我只好将手里的垃圾袋交了出去。为了使他领悟我拿捏的技巧，我用解剖式的动作松开了袋子。他没有观察到我的动作，只是随便抓住。电梯门开了，他走了出去。我留在电梯里，重新按了九层。在门合上之前我目睹了我的那袋垃圾往外撒漏的开头。然后才想起来他帮我扔垃圾的用意是让我合作按住电梯。但为时已晚。

也许就是因为这样他才没有回答我的问题。之后又有几次，我在电梯里，或是等电梯的时候，碰到了这个男人。可能是我们都在各自琢磨倒垃圾这件事，就都没有开口。直到我的脸再次随着他放的音乐疼痛起来。疼啊。早上的时候我会因痛感醒来，这时音乐已经放了有一会儿了。和以前不同的是，这回疼痛没有办法用药物止住。没有找到任何一个办法。也不敢去医院，因为我深深相信这个疼痛的来源就是楼上的音乐。这怎么跟医生说？心身疾病，他会这么诊断。好在音乐总共的时长只有不到五分钟，而且也不是每日都放。一下下，就一下下。我安慰自己。

结果，在公司开会的时候，脸突然就疼起来了。我再说明一下那个位置：是在眼镜圆角下方一个指节的位置附近。做眼保健操第四节轮刮眼眶的时候，食指刮眼眶下面最终手势位置的下面一点。疼疼疼。我小声说道。但是没有一个人听到。音乐呢？音乐在哪儿。我在脑海中反复寻找那段旋律，试图还原那个调调。

很快地，我在电梯里又遇到他了。还有两三个其他人。那个音乐，您放的，到底是什么？我问得很不客气。他不清楚我在跟谁说话。住在十楼的这位叔叔，您经常放的那个，嘀嘀嘀嘀嗒嗒嘀嘀当当当当当当，那个，是什么？我哼得肯定不对。你是问我啊？他说。是啊。你问我什么？音乐？我哪儿放过音乐了。就是那个音乐啊，当当当当当当嘀嗒嘀嗒当当，不是您放的？我又哼出了完全不同的一段。没放过。不会吧，我住在你家楼下，经常听到你放这段音乐啊。哪段音乐？什么音乐？就是，我想想，啦啦啦啦啦啦啦啦。就是这个。没放过，绝对不是我。你怎么肯定就是你楼上放的？也许是十一楼放的呢。说到这里，他肯定以为我要报告物业他扰民什么的了。咳。电梯里有个男人咳了一声。也许他是十一楼的。九楼的电梯门已经开了又关上。我还在电梯里。然后十楼到了。秃头男人走了出去。

你放的音乐让我的脸疼！门关上之前我对着他的背影喊道。然后我尴尬地从十一楼出去走楼梯回到九楼。在我掏钥匙的时候，音乐竟然又响了。我的脸怎么能这样任人摆弄？我把钥匙放回口袋，从楼梯走到十楼。然后敲了敲十楼的大门。咚咚咚，咚咚咚。他家没有门铃。咚咚咚，咚咚咚。没有任何动静。咚咚咚，咚咚咚。一声开门的声音，不过是斜对面的一户。你找谁？正是那个秃头男人。原来你住这儿，我就是来找你的。他没有开铁门，只开了里面一道木门。我走过去，隔着铁门的栏杆对他说话。就是这个音乐，你现在在放的。什么？我刚才在电梯里问你的，就是这个音乐。他看着我，仿佛这时才开始聆听。哦，这个啊。他放松地笑了。不是我家放的。你说什么？不是我家放的，你仔细听。我努力分辨音乐的来源。好像就来自门的后面，但是，我不确定。真的不是，是的话我有什么不好承认的？这一听就是门口那家卖杂货的小店里放的啊。他说得非常肯定，并对我连这都能搞错极其不屑。是吗？我还在犹豫。你现在下去到店里看看不就行了？他的不耐烦开始发作了。

我坐电梯到了一楼的时候音乐已经停止了。我突然反应过来，这一次没有疼。这一次音乐响起的时候我的脸没有疼。也许疼了，但不那么明显。至少在我对十楼的声讨中，它没有占据我的主要注意。这之后，虽然我每天路过的时候都在留心观察，但这个小店并未传出过音乐。我的脸也好久没有疼过了。

我帮你带一下？扔垃圾的时候，我又遇到了十楼的男人。我们又开始打招呼了。我把垃圾递了过去，这次它很安全。知道是什么音乐了？他问。啊？就是之前你以为是我家放的音乐，你知道是什么了？哦，不知道。是门口那个店放的吧？嗯。他占据着电梯的整个左侧。

那个音乐怎么了？吵你睡觉了？没有。那是怎么了？它，它让我脸疼。什么？脸。我指指那个位置：发髻与脸颊之间，颧骨稍微往下——疼。电梯停止的时候，我按住了开门的按钮，等他走出去。等他再走回来。

阿拉比

游泳池只有一个规则，永远不要停下来。不要停下来，也不要尝试直立行走，更不要试图坐在浮标上，当你这么做的时候，会受到来自池底的敌意。你在做危险的事情，你在表明你的真实身份，一个人类。货真价实的人类。但却显得像一个蚂蚁。你把自己放在一个孤独的位置。你在把他们、我们、我变成鲨鱼、食人鱼、危险的动物，恶魔。但我们不会咬上一口，我们有别的事要做。这件事叫作，不要停下来。这是游泳池：这里的入口和出口一样多，它们分布在任何一个水与光接触的地方。唯一的遗憾是，它们当且仅当必要的时刻才会出现，这个时刻叫作，三千米任务完成了。

但这一切只是我的想象。我想象游泳池存在这样唯一的规则，并且像个顽固的老年人一样遵守它：我从来也不停下来。这也只是我的想象。起码在今天，我就因一脚被人踹中面门而停下来一次。我只在中途停下，因为尽头总是站满了人，连个蹬壁转身的位置都很难找到。而一旦停下，就会被迫交流。这可能是我尽量不停下的真实原因。为了让这个原因说得过去，我编造了一条游泳池的规则。放心，我经常编故事、撒谎、欺骗他人。为了练习说谎我甚至尝试过盲游：一开始我非常紧张，紧接着就发现没什么好怕的，因为酷热的八月已经过去，泳池变得异常地冷，不用再担心随时撞上水下一簇簇立柱般的躯体。下降的气温还带走了大量游速缓慢的女人，连同她们在更衣室的垃圾桶内染血的卫生巾。是啊，天气已经冷下来了，冷水浴对经期女性的健康十分不利。这才是我不停下来的真正的原因——你看，一开始你还没搞懂撒谎和盲游的关系，现在你应该懂了。另外，我不知道你有没有尝试过在泳池内拉屎，但我知道即便你拉了一斤屎，它们也会在一分钟内被池水分解干净，仿佛从来没有存在过。仿佛从来也没有存在过。

我从来也没有想过把知道的这些事实告诉游泳池的其他人，我猜那些一直在拼命游泳的男人知道的比我还多。我妈非常讨厌每天送我去游泳池，因为这打乱了她的生活计划。她的生活一向非常有计划。我显然不在她的计划内。开车的时候她总是问，你为什么不走路过去？因为太远，需要四五十分钟，来回就要两个小时。我撒谎了。实际上走过去大约需要四十分钟，来回则是八十到九十分钟。但我总结为两个小时，看起来就比较严重。我这么说还有一个理由，我知道她不会相信我说的话，她认为走过去只要二十分钟。不是这样。我会坚持一下。然后她会问，你为什么不买辆自行车？

我曾经有过一辆自行车，那时我还在骑车上学，高二后就改坐公交车，有时走路。坐公交车的时候偶尔会遇到班长，他非常黑，我们关系还不错。不错到有次开完家长会，他跟我说，我妈向他妈质疑了我们的关系。我觉得十分奇怪，虽然那次家长会我妈确实是参加了，但她不太可能会做这种事。我非常怀疑她是否知道我正念几年级，有哪些同学，同学中有没有一个叫作H的人正担任班长。况且我跟H也没有熟到那个地步，他跟G的关系肯定更不寻常。因为实在好奇，我就问了我妈是否有这回事，她很茫然地说没有。

这副表情我见过。几天前她用一盒内酯豆腐加注开水和酱油，骗我说这是豆腐脑的时候，她同样茫然。这不是豆腐脑，我说。这是内酯豆腐，我说。被拆穿之后她非常恼怒。我是个艺术家，我就不应该做饭，她说。大约在十年前，我非常喜欢吃楼下的卤鸡爪这种食物。

有一天，我发现厨房出现了一种不一样的卤鸡爪，黝黑、干瘦，我妈说这是她刚买回来的。尽管第一口我就知道她在撒谎，但我还是吃到了整顿饭的最后。这不是你买的。你猜对了。

如你所见，我经常欺骗我妈。但她干得也很漂亮。

我肯定没有设想过自己在二十八岁会是什么样。我妈介绍我的时候会说，她二十五了。我会纠正她的说法，二十四，实际上就在几天前，还只是二十三。一事无成。我非常啰唆，我经常非常啰唆。要么就是一句话不说。我们坐在车里的时候可能是我说话最多的时候。我会问，游完是不是打电话给你？还有，我走了。要么就是，我找郑梦然去了。在家的时候我不用说话，我只说，嗯。更多的时候是不回答。比如，她坚持要把面包放在冰箱，当我指出这是一个科学错误时，她还是会坚持这么做，所以我就沉默了。当她问我类似为什么不找个稳定的工作、为什么不买辆自行车、为什么不多吃蔬菜的时候，我总是沉默的。还有一次，她说，我观察到一件事很久了。嗯？我问。你现在是不是不知道该怎么称呼我？

我没想到她还有观察到这种事的器官。我想起以前上学的时候，冬天，大雪，她回来说她遇到了一个少年，被困在雪地里，只能把双腿的裤管挽起来赤脚在雪地里行走，她骑车已经过去了，又掉头回去，问他需不需要帮助。对方谢绝了。我听她这么说之后非常奇怪。大概就像我在听到班长说的事情时一样奇怪。我觉得她可能在骗我，但似乎又没什么动机，于是我相信了她。实际上到现在我也不太相信这件事。不相信的原因是，我认为她不会这么干。

她观察得不错。我确实不知道该怎么称呼她。我只能毫不困难地叫出那些远亲的称呼，大舅、二舅、王母娘娘。为什么呢？不好意思，原因我还在想。

我们先说点儿别的。我从没想过我和同学们的关系能延续这么久，我们一起坐在咖啡馆里打牌的时候，我觉得自己身上的时间并没有流逝过。尤其是当 G 开始借故找碴儿，说她点的那杯奶茶有股臭味，必须要服务员给出一个说法时。我觉得我们都还是欠扁的中学生，每次吃饭都要故意找碴儿。然而坐在对面的 G 即将结婚的事情是真的，我甚至就是为了这个才在家里待了这么久。她此刻正怀胎数月的事情也是真的。H 不是孩子的父亲这件事也是真的。这么说出来我都有种在说什么八卦的感觉。实际上，我很认真地在说这些。我缺乏编造情节的能力。我缺乏一切能力，包括虚构。撒谎、欺骗、无理取闹都需要虚构的能力。我已经用了二十几年在学习这种能力，实验的对象是认识的每一个人。我经常失败。

我们都各自尝了一口那个奶茶，确实有皮蛋的味道，但那也许正是它作为招牌奶茶的特别之处。事实上，事实很可能正是这样。没有什么别的意外因素了。但我们都坚持G的观点，我们在坚持找碴儿。女服务生可怜地笑着，她发抖了，是因为气愤。气愤里多半是惶恐而不是愤怒。如果是我，我现在会直接把奶茶泼到面前这四个年轻人的脸上，然后像个武林高手一般把他们暴揍一顿，扬长而去。她不会，因为她在真实经历着这一切，这对她来说是一个考验，要工作还是要尊严。她的抉择。她或许不会每天都遇到这种抉择，这是一个练习。然而这个练习不允许失败。奶茶就是有问题啊，你让我怎么喝？我点点头，我们都在点头。我希望有什么人能够闯入这幅画面，给我几个巴掌。然而没有人这么做，我也很庆幸。因为我们中毕竟有一个孕妇，她和六年前一样任性，而我依然会是她婚礼上出现的朋友。这一切都不会改变。从来也没有改变。

就在我想到这些的时候，身旁有一个女人快速从我身边游过去了。这让人难以相信。因为她游得实在是太快了。如果不是郑梦然提醒，我都没有意识到自己还有得失心。我是打台球的时候每当球路过袋口都会紧张出声的唯一那个，我是让黑球进洞后兴高采烈的唯一那个，我是完全忘了此时是我和另一个人一起打郑梦然，并且他还在努力指导我们的唯一那个。看不出来，你还有得失心哪。他竟然说对了。我在寻找那个女人的踪迹，我想试着超过她。

我一定有主动试图做点儿什么过。初中的时候我拿着一张数学卷子从房间里走出来到我妈面前，我问她，这道题怎么做？我一定是为了别的目的才会这么做，因为这么做根本毫无意义。世界上有多少个家长会做初中生的数学题？很多。但一定不是我认识的。你不会做？不会。为什么？因为很难。为什么？因为太难了。为什么？因为很难。你老师电话多少？她非常生气，坚持要打电话给我们数学老师，因为对方竟然出了一道学生做不出来的题。她这么认为之后，我竟然也开始琢磨，觉得不无道理。但我并没有老师的电话。虽然她们后来还是见面了，大概是因为我抄作业之类的事。我们数学老师哭了，因为她的一个学生死于煤气中毒。我没有因为那个同学的死哭，却因为数学老师的哭而感动了。不过这么做还可能是因为我妈说，不要流狐狸的眼泪。我就立刻把伤感收起来了。我觉得她在开导人方面或许是个天才。

我给不出电话的另一个原因你已经看出来了，我在撒谎。我又撒谎了。我发现对我妈撒谎其实并没有好处，反而经常引发意想不到的后果。就算我不撒谎，也经常这样。高中的时候班主任因为说了什么话，我略为转述，导致我妈打电话过去把班主任大骂一顿，当我午睡醒来一切为时已晚，我被班主任在教师楼门前训斥了数个小时，再度恢复了不受喜爱学生的名誉。这样的事一再上演，后来我觉得还是不让她知道我的生活比较好。但我不能阻止她准确地预测我的未来。当她和同事们聊到我的时候，她会信心满满地说，我觉得她不会爱上什么人，应该也不会有人爱上她吧。千万不要试图跟她说客套话，但你也可以试试，比如跟她说，你真有福气啊，有个女儿，以后有人给你养老送终，不像我，是个儿子。她会很认真地告诉你，这很难说吧，万一白发人送黑发人呢。

她说得很有道理，我也是个很讲道理的人，所以无法反驳。她被我们班主任勒令写一份检讨，竟然又写了一个非常有道理的东西出来。我惊讶极了。我觉得在这种状况下她应该不讲道理。我是说，在她不讲道理之后再讲道理，会让人觉得有些无所适从。然而我们班主任被成功地说服了。也许这两件事不是一件事，她是因为我犯的别的什么错才写了检讨。但我记得她那份检讨被贴在教室后面的黑板上，上面好像写了这么一个道理，某些事情就像伸手摘桃，伸手摘不到，但只要我跳一下就可以摘到。她不是在说一个虚指的道理，她明确提到了我，认为我只要跳一下就可以摘到。

这可能是她唯一一次对我说过看起来比较像道理的道理，尽管是通过这么一种形式。然而那时我已经迷失在阴差阳错得到的虚荣里无所适从了。我会想到这件事一定是因为我发现自己远远无法超越那个游速极快的女人。一点儿也没有可能。我已经在跳了，可是没有摘到桃子。

我突然感到胸闷，气喘，呼吸节奏被打乱，眼前涌起了一片海水。我知道是咸的，因为我哭了。我肯定是在哭，我知道这种生理体验，我只在小学看《泰坦尼克号》之后经历过它。当时我坐在我妈的自行车后座上号啕大哭，我不敢让她知道我竟然为了一部爱情片在哭。事后我跟葛翔宇复述这件事的时候，我们一起哈哈大笑。他说他也无法想象我号啕大哭的样子。紧接着我跟他说了另一件更好笑的事。在我看过《泰坦尼克号》之后不久，我爷爷租来了这张 VCD，在客厅中央郑重其事地搬了一把椅子，开始看它。我故意在出现少儿不宜镜头的时候走过去，当他开始驱逐我的时候，我就笑嘻嘻地告诉他，这些我早就看过了。在我又一次走进客厅的时候，我发现他在哭。我仰着头确认了这一发现，然后认真地提醒他，爷爷，你哭了。他很尴尬。

是的，我又在撒谎。我后来还不止一次哭过，至少有一次哭了三天，为一个英年早逝的天才。但大概也不会超过一年 0.5 毫升的样子。我一直觉得眼泪是非常珍贵的东西，不能轻易扔掉。你看，大人们就从来不哭，因为他们知道这个道理。可能人到了一定的岁数就又开始不知道这个道理了。因为我爷爷经常发短信过来，署名都是含泪汪汪的爷爷奶奶。我回复，你要坚强。我的回复通常都是两个字：客气，谢谢，坚强，还好，可以，不用。我觉得我很善良，因为没有回复，不要流狐狸的眼泪。

然而我却因为没有超过那个游得很棒的人而掉眼泪了。因为我每天都在练习。我的泳镜很快便灌满了水，我的泳镜内外都是水了。我像个卡通片人物，但我没法停下来，这是泳池的规则。游泳池只有一个规则，永远不要停下来。

看不出来，你还有得失心哪。郑梦然竟然说对了。幸好我有盲游的技术，我一边游，一边思考这是为什么。我连同所有的为什么一起思考。我连同整个泳池的所有人的为什么一起思考。我连同咖啡馆的服务生的为什么一起思考，连同为什么不多吃蔬菜、为什么不买辆自行车一起。结论是，不可能。我认为自己并不在哭，是泳镜漏水了。我从来也没有跳起来过，从来也没有什么桃子。我没有停下来，也没有得失心。游泳池只有一个规则，永远不要停下来。

这么想以后，泳镜里的水很快就褪去了。我的视力又恢复了，然而那个女人已经在我旁边来来回回游了许多个来回，那些站在泳池尽头的人也没有消失，如果真的有的话，我认为池水内的大便也还存在。就像垃圾桶内存在的卫生巾，只是红潮褪去，它们始终存在。但不管怎样，我的任务完成了。出口的光圈打开了，我可以上去了。我可以恢复人类的身份了。我可以再次行使虚构的权利，如果有必要的话，我将重新说一遍那些说过的谎话。我要继续说毫无破绽的谎话。我决定从回家写一篇叫作“阿拉比”的小说开始练习说谎。

这么决定以后，我走出去，在路上遇见我妈，开门上车。你为什么一定要每天游泳？她不耐烦地换了一种问法。我认真想了一下，然后回答她，因为我是世界上游得最好的人。